JN287304
そんな不安と未知の快感に怯えるクリスティーナの口腔を、
スチュアート公爵は卑猥に舐め尽くした。

きまじめな花嫁志願

神崎たわ

Tawa Kanzaki

Ever Princess

CONTENTS

きまじめな花嫁志願

Ever Princess

序章

「あ、いや……やめ、て……っ」

クリスティーナ・バーセルは、書斎にある大きなソファーの上に組み敷かれていた。初めて男性から、下肢《かし》へいやらしい行為を受けている。

「だ、だめ……やっ……」

大胆な彼の指は、彼女がいけない蜜でぐっしょりと濡らしたドロワーズの上から、敏感な秘処をどこまでも気持ちよくなるようにまさぐった。

「やぁ……くっ……う、んぅ」

まだ誰も入ったことのない処女の下腹部には、卑猥《ひわい》な疼きが生まれている。彼女は押し寄せてくるその未知の快感にひたすら怯えていた。

視界は、彼が着けていたクラヴァットで塞がれている。お昼を過ぎたばかりだが、クリスティーナの世界は真っ暗だ。

ドレスの前はすでに開《はだ》けられていた。コルセットまでもが外されている。

クリスティーナのたわわな膨らみと、その中央にある薄赤く色付く頂は、面立ちさえもわからない公爵の目の前に、恥ずかしげもなく曝《さら》け出されているだろう。

「気持ちよくはない？」

彼は聞いた。

「で、でも……」

「ここが一番、感じるはずだ」

公爵《こうしゃく》は彼女の敏感な入り口をなおも探っていく。

「あんっ、や……許、して……」

艶めかしい快楽に支配されそうになりながらも、クリスティーナの本能は公爵の手を拒んだ。

それでも彼の指先は休まない。ぐりぐりと卑猥な円をソコに描き続ける。

「あんっ……い、あぅ……だめっ」

なにも見えないクリスティーナの神経は、彼のいやらしい指先にただただ集中した。もっと奥まで来てほしいという感覚さえ抱いてしまう。

「開いて」

公爵は命令するように言った。

「ど、どうして……?」

「いいから、もっと脚を開くんだ」

「やっ……」

指は無理やり、クリスティーナの脚を開かせた。薄い下着の上から、何度も彼女の人切な部分を前後に擦っていく。

「あぅ……」

公爵は同時に、クリスティーナの尖った乳首をぱくりと口に咥えた。

「あっ……ん、んぅ……っ」

指が濡れた股間を弄《もてあそ》び、舌先はその卑猥な頂を絶妙に転がしていく。

「つあ……や、んぁっ……」

クリスティーナの全身は、これまで味わったことのない極上の快感で包まれていた。あまりの気持ちよさに、腰の奥が砕けてしまいそうだ。

公爵は彼女の敏感な縦の割れ目に沿うように、布の上から卑猥に指を動かした。

「んんっ……う、くっ……つふぁ」

「もうびしょ濡れだ。処女のくせに、いけない娘だ」

「……」

「そんなに気持ちがいいのか？　俺の指が？」

「あ、ん……ぁあっ……やっ……」

彼は濡れたドロワーズの上から、なおもぐいぐいと指を押し付けた。いやらしい円を描き、クリスティーナに悦《よろこ》びを与えていく。

「だ、だめぇ……そ、そんなこと……や、やめて……っ」

拒絶する言葉とは裏腹に、クリスティーナの腰は小さく揺れた。どこまでも淫靡《いんび》な快感を求めてしまう。

公爵はいつしか、そんな彼女が穿いていたドロワーズの紐を解いていた。クリスティーナの腰から、その濡れた下着の中へ、すぽりと手を忍ばせる。

「やんっ！　こ……公爵、様……」

驚いた彼女の全身を、緊張が駆け抜けた。

「お望み通り、感じさせてやるよ」

「あ……や、やぁ……」

ドロワーズの中にあった指を、彼はごそごそと動かし始める。

クリスティーナのダークブラウンの薄い茂みをいやらしく撫でたあと、五本の指を彼女の恥骨《ちこつ》に被せた。

「はぅ、んっ！」

公爵は手のひら全体をクリスティーナの大切な部分に押し付け、マッサージでもするようにやわやわとソコを揉みほぐしていく。

「や……だ、だめ……やめ、て……公爵、様……」

脚の間にある敏感な入り口からは、いけない蜜がさらにあふれ出た。

公爵は手のひらで恥骨を覆ったまま、中指だけを一本、クリスティーナの蜜口に突き挿《い》れる。

「んんう……あ、やっ……な、なにを……なさるの、です……？」

大切な場所に異物が押し込まれたクリスティーナは、びくりと身体を震わせた。

しかしスチュアート公爵は質問に答えることなく、蜜口に挿《さ》し込んだ指をいやらしく掻き回すだけだ。

「あ、あんっ……だめ、です……っ」

敏感な入り口に挿れられた指が、卑猥に蠢《うごめ》いている。なにも見えないクリスティーナは、初めての快感と不安の狭間で悶《もだ》えるしかなかった。

「やぁ……いや……ん、んぅ」

彼女の腰は、悦《よろこ》びを与えてくれる公爵の指を求めて、ふわふわと浮き上がった。その呼吸ははあはあと乱れていく。

「やあ……だ、だめぇ……っあ、あん……い、いい……気持ち、いい……」

快楽に包まれた全身の素肌が興奮し、ざわめき立つようだ。

「あぅ……い、いい……っ」

初めてのクリスティーナは、すぐ先さえ見えない深い官能の海に、いつしか溺《おぼ》れていた
──。

第一章　仕組まれた身代わり婚

「夢のようだわ、スチュアート公爵家だなんて」

「どう？　今まで待った甲斐《かい》があったでしょ、お母様」

「さすが私の愛する娘、キャロライン。あなたの美貌にひれ伏さない上流貴族は、このムーベニア王国にはいなくってよ」

幾度となく進みかけたにもかかわらず、なかなか纏《まと》まらなかった二十歳になる美しい義姉《あね》、キャロラインの結婚。それがついに大変裕福で、王家に次ぐ身分の公爵家との間に決まったのだ。

義母《はは》マライアは、いつになく饒舌《じょうぜつ》だった。

豊かな天井装飾に、壁に掛けられた多数の絵画。彫刻が施されたオーク材の食器棚に、個性的なダイニングテーブル。

生まれ育った美術館のようなここ、バーセル伯爵《はくしゃく》家自慢のダイニングルームで、家族と夕食をとるのはいったい何日ぶりのことだろうか。

十八歳になったクリスティーナ・バーセルは、考えていた。

皆から注目されるほどの美人ではないが、愛らしい顔立ちに艶やかなダークブラウンの髪。清らかに澄むエメラルドの瞳を持つクリスティーナも、キャロラインと同様、れっきとしたこの家の令嬢だ。

しかし、義母のマライアと血の繋がりのないクリスティーナだけは、いつも彼女から冷遇されていた。冷たい視線を浴びせられ、激高しながら使用人の仕事を言い付けられたりもする。

三年前、父であるバーセル伯爵が亡くなってからは、毎日がそういう日々だ。

ジェントリ階級の家に生まれたマライアは、男爵《だんしゃく》家の次男と結婚したが、不幸にも夫に先立たれた。そのあと、妻を亡くしたクリスティーナの父、バーセル伯爵の後妻となったのだ。

彼女は五歳のキャロラインを連れ、クリスティーナが三歳のときに、この屋敷にやってきた。

新しい義母と二歳違いの義姉ができたクリスティーナは、とても喜んだ。当初はマライアもクリスティーナに優しかったし、大切にもしてくれていた。

けれどこの家の後継ぎとなる待望の男子、エドワードが生まれた十三年前からは、その態度を少しずつ変化させていったのだ。

ここ数年はキャロラインも、マライアと同じようにクリスティーナに冷たく接してくる。

クリスティーナは早くに母を亡くしたが、父であるバーセル伯爵に愛情深く育てられたため、聡明で心優しく、争いごとが嫌いな娘に成長していた。

そんな性格のクリスティーナは、マライアとキャロラインからどれほど意地悪をされても、決して二人への不満を口にすることはない。

義母がいなければ、愛する弟のエドワードは生まれてはこなかった。後継ぎのいなかったこの家は、今頃取り潰されていただろう。

伝統あるバーセル伯爵家を守ることができたのは、なによりのこと――。

ありがたいと思わなくては……。

クリスティーナは虚しさで胸が押し潰されそうになるたび、そう思うようにしていた。

そして今夜は、キャロラインの結婚相手が望んでいた以上の地位の者と決まり、マライアの機嫌は最高だった。

普段は家族と別にしか食事がとれないクリスティーナも、この祝いの席に招かれている。

幼い頃から可愛がってきた五歳違いの弟、エドワードとも、久し振りに同じテーブルを囲めていた。

クリスティーナは、もうそれだけで満足だった。バーセル家の当主として、健やかに成長していくエドワードの顔が見られるだけで、なによりの幸せを感じてしまう。

今夜だけは、マライアの逆鱗《げきりん》に触れないようにしなくては……。

クリスティーナは音を立てないよう、マッシュルームスープを口に運んだ。慎重にナイフとフォークを進めていく。

「ご結婚、おめでとうございます、キャロラインお姉様。公爵家に嫁がれるなんて、本当にすごいですね」

「ありがとう、エドワード」

十三歳のエドワードが、キャロラインに祝いの言葉を述べた。

義姉は高い鼻をさらにつんと誇らしげに上へ向け、弟に礼を言う。

波打つプラチナブランドに、男性が好みそうな派手な顔立ち。流行のオフ・ショルダー・ネックの真っ赤なイブニング・ドレスが、とても似合っている。

義姉キャロラインは、本当に美しい。

そういう意味では、マライアが平凡な容姿のクリスティーナに見向きもせず、美人の義姉の結婚相手探しにばかり夢中になるのも理解ができる。

二人は少しでも高い身分の貴族との良縁を求め、毎回のように新しいドレスや帽子、靴や手袋を新調し、舞踏会へと足を運んでいた。

もちろんこれまでにも、美しいキャロラインを見初め、妻にしたいという申し出はいくつかあった。が、結婚への話が進み始めると、なぜかすぐに破談になってしまうのだ。

おそらくキャロラインの少し我が儘《まま》な性格が、相手の男性とは合わなかったのだろう。

今回義姉はまだ、結婚するはずのスチュアート公爵と直接会ってはいない。

公爵の叔母、アーノルド子爵《ししゃく》夫人が、首都ファールスから遥か北にあるここ、ティガール地方を保養で訪れた際、偶然にも舞踏会で美しいキャロラインを見付けたのだ。

子爵夫人は、キャロラインを甥《おい》であるスチュアート公爵の妻にできるなら、持参金はいらないし、結婚準備金まで用意すると言った。

莫大な借財を抱えるバーセル伯爵家に、これからも惜しみない援助を約束してくれるという。

ここまで強く望まれたのだ。たとえこのあとキャロラインがファールスへと出向き、夫となるスチュアート公爵と対面したとしても、その我が儘な性格うんぬんで、結婚が取りやめになることはないだろう。

ティガール地方の南東部に小さな領地を持つ父、バーセル伯爵が亡くなったあと、幼かったエドワードに代わってバーセル家の実権を握ったマライアは、たちまち家を困窮させた。

義母の説明では、亡くなった父が金銭感覚に疎く、多くの借財を残していったというが、クリスティーナはそれを信じてはいない。

父が生きていた頃、その暮らし振りは決して派手ではなかったが、少なくとも屋敷の修繕が滞ることはなかったし、領地や庭の手入れも行き届いていた。使用人も今より大勢いたし、現在一台しかない馬車も三台あったと記憶している。

おそらくドレスと宝石に目がないマライアとキャロラインが、あれこれほしがり、散財したのだろう。

二人は新しいドレスを作るために、頻繁に婦人服屋を訪れていたし、見たこともない宝石やアクセサリーで指や首を次々と飾っていた。

いずれにしてもスチュアート公爵は、子爵夫人の口添えさえあれば、困っているバーセル家に援助を惜しまないという。

妻の実家にここまでの気配りができる人物だ。彼はきっと思いやりの深い、優しい男性に違いない。

たとえ血の繋がりはないとしても、姉妹として長い間同じ屋根の下で暮らしてきたキャロラインの幸せを、クリスティーナは心から願った。


「結婚式は、いつですか？」

メインディッシュのラム肉にナイフを入れながら、ボウタイに燕尾服《えんびふく》という大人びた正装の十三歳の当主、エドワードは聞いた。

「来月よ。あ、でもその前にお母様と二人、ファールスにあるスチュアート公爵家にご招待いただいているの」

「えっ？」

「来週末には迎えの馬車が来るはずだから、私たちはそれに乗って、ひと足先に出発するわ」

「そんなに早くですか!?」

キャロラインから結婚までの予定を告げられたエドワードは、その表情を曇らせた。

この家の当主といっても、エドワードはまだ十三歳。母親としばらく離れるのは、やはり寂しいようだ。

クリスティーナもまた、突然決まったキャロラインの結婚式までのスケジュールが、どこか急過ぎる気がした。

けれど、家族の会話に参加が許されていないクリスティーナは、自分の意見を述べるわけにはいかない。

それに考えようによっては、喜ばしいことだった。義母とキャロラインがこの屋敷にいない間、エドワードと二人で過ごせるからだ。

それでもマライアは、溺愛《できあい》する息子を屋敷に残し、ファール人へと先に出発するのは気がかりなのか、

「ごめんなさいね、エドワード。でもこればかりは、仕方ないわ。お母様もあなたのことは心配だけど、一刻も早くファールスに行って、キャロラインの結婚準備をしなくてはね」

と話した。

「僕も一緒に行っては、駄目《だめ》ですか？」

エドワードは尋ねる。

「確かにそれも、いい考えね。でも流行のドレスを何枚も仕立てたり、公爵家で使う小物を選んだり、向こうでは相当忙しくなるはずよ。なんといってもキャロラインは、名門スチュワート公爵家に嫁ぐんですから」

「大人しくしています」

「だとしても、あなたにかまってあげる時間はないもの」

「……」

「わかってちょうだい、エドワード」

「……はい、お母様」

エドワードは、どこか拗ねたように口を噤《つぐ》んだ。マライアはそんな息子に、優しく語りかける。

「エドワード、あなたは結婚式に間に合うよう、執事のセバスチャンとあとからファールスにいらっしゃい。それならいいでしょ？」

「セバスチャンと？」

「ええ、そうよ」

マライアがエドワードに、『執事と一緒に来い』ということは、どうやらファールスで行われるスチュアート公爵とキャロラインの結婚式に、クリスティーナを参列させるつもりはないらしい。

ある程度の予想はできていたものの、クリスティーナの胸のうちには、漠然とした寂しさが広がった。久し振りに家族と一緒に食事ができ、わずかな期待を抱いてしまっていたからだ。

もしもファールスに行けたら、夜になると路上に灯るというガス灯やファッショナブルな恰好をして行き交う人々を見てみたかった。洒落《しゃれ》た街並みや煉瓦《れんが》造りの建物にも、興味がある。

けれどそのようなありがたい機会が、クリスティーナに訪れることは、永遠にないらしい――。

彼女は思わず落胆の表情を浮かべた。義母がそれを見逃すはずはない。

マライアはクリスティーナに追い打ちをかけるように、意地悪な言葉を投げかけた。

「それにしても、クリスティーナ……」

「え……？　は、はい……な、なんでしょうか、お義母様……」

マライアから突然名前を呼ばれたクリスティーナは、粗末な生成りの綿ドレスを着たその全身を硬直させた。

「おまえには、キャロラインの結婚を祝福しようという気持ちはないの？」

「そんな、ことは」

「だったら、なんなのよ。さっきからのその、仏頂面《ぶっちょうづら》は。不細工な顔が、ますます醜くなっているわ」

「……」

「食事がまずくなるでしょ？　わからないの？」

「……ごめん、なさい」

たとえクリスティーナが、反省するようにその場でうつむいたとしても、マライアからの攻撃が収まることはなかった。

「どうやらおまえは、自分がファールスに行けないことを悔しがっているようね」

「べ、別に。私は……」

「私たちはバーセル家のため、裕福なスチュアート公爵家に嫁いでくれるキャロラインの結婚式に参列する目的で、ファールスへと向かうの」

「わかって、います……」

「いいえ、その顔は、わかっている顔ではないわ。財産管理に無能なお父様が残した借財が、いくらあると思っているの!?　もしキャロラインがいなかったら、この家を存続させることだって難しかったのよ！」

マライアは大声を出す。

「そうよ、クリスティーナ！」

キャロラインまでもが加勢した。

「そ、それは……」

自分のことならいくら悪く言われても罵られても、クリスティーナは平気だった。けれど父のことを無能扱いされては、悔しくて堪らない。

「なんなのよ、その反抗的な目付きは！　父親に似て役立たずなおまえを養ってやっているのは、誰だと思っているの!?」

マライアは罵倒《ばとう》した。

「……」

クリスティーナは、膝の上にあった手を握りしめる。

我慢するのよ、クリスティーナ……。

バーセル家の今後を考えたら、マライアに反抗することはできなかった。クリスティーナは、すぐそこまで出ていた言葉をすべて呑み込むしかない。

けれどそんな彼女を、今度は義姉のキャロラインが愚弄した。

「それに、考えてもご覧なさいな。おまえのような田舎者が、ファールスの街をうろうろしたら、一緒にいる私が恥をかくでしょ？　それはすなわち、大になるスチュアート公爵を侮辱することなの。おわかり!?」

「……は、はい」

「つたく、冗談じゃないわ！　うじうじして、根暗で、気味が悪い。おまえなんか絶対、ファールスに呼んでやるもんですか！」

「……」

二人から交互に攻められたクリスティーナは、ただうなだれるしかなかった。

父を悪者にまで仕立てたマライアとキャロラインは、どうあってもクリスティーナをファールスの結婚式に参列させるつもりはないらしい。

クリスティーナは悲しかった。マライアも幼い頃には優しくしてくれたのだ。キャロラインだって、ときどき一緒に遊んでくれて。

なのに二人は、いつからか別人のように――。

すると、クリスティーナのそんな気持ちがわかったのか。エドワードがマライアに聞いた。

「あの、お母様……僕、クリスティーナお姉様と一緒に、ファールスへ行っては駄目ですか？」

「今、なんと言ったの？　エドワード」

「なぜクリスティーナお姉様は、結婚式に出られないのです？　クリスティーナお姉様だ

ってバーセル家の家族なのに、どうしてファールスに行けないのですか？」

しかしマライアは、愛する息子に即答する。

「エドワード、あなたの優しい気持ちはよくわかるけど……皆でファールスに向かえば、屋敷の中は使用人だけになってしまうわ。あなたはこの家が心配ではなくて？」

「少しの間だけですよ、お母様」

「この結婚は、遊びではないの。ファールスのスチュアート公爵家が、あなたが当主を務めるこのバーセル家に、どれほど多くの援助をしてくださるか、おわかり？　もしわかっているなら、決してそんな我が儘は言えなくてよ」

「でも」

「どうかお願いよ、エドワード。これ以上お母様を、困らせないで」

悲哀に満ちた眼差しをマライアから向けられたエドワードは、彼女の言葉に従うより他、方法はないようだ。

「ごめんなさい、お母様。僕はただ……」

「いいのよ、エドワード。わかってくれて嬉しいわ」

「……」

エドワードも、クリスティーナがこの家に残ることを承知せざるを得なかった。

マライアがこじつけた理由に、クリスティーナは内心で失笑したものの、姉思いのエドワードの気持ちがなによりも嬉しかった。

彼とて、義母とクリスティーナの複雑な関係を知っているはずだ。一緒にファールスへと行きたいなどと、言ってはいけないことも。

それでもエドワードは、敢えてマライアに頼んでくれたのだ。

クリスティーナは愛する弟のためなら、この命さえも捧げることができると思った。


「それにしても……」

特別なメニューを用意させた食卓を、誰よりも満喫していたはずのマライアだったが、料理が載った目の前の銀の皿をなぜかまじまじと眺めていた。そしてそのあと、呆れたふうに小さく首を左右に振る。

「ねえ、ちょっと……」

彼女はダイニングテーブルの傍に立っていた、黒の燕尾服を着た四十代の執事、ヤバスチャンを呼び付けた。

「どうしてお祝いの席のお皿が、こんなにも曇っているのかしら、セバスチャン」

「そ、それは……」

執事は慌てて謝罪をする。

「申し訳ございません、奥様。直ちにキッチンメイドに厳しく注意をし、今後はこのようなことがないよう、さっそく明日にでもすべての食器を磨き直させます」

「そうね、そうしてちょうだい」

「かしこまりました」

「あっ、待って！」

義母は突然、クリスティーナに鋭い視線を向けた。

「あなたがやりなさい、クリスティーナ」

「え……!?」

「キッチンメイドの仕事ぶりは、おまえの責任でもあるはずよね」

「まあ、そうですが……」

義母に命じられ、急に辞めたキッチンメイドの代わりに、近頃はクリスティーナが食器や調理器具洗いを手伝っていた。

「それに、明日では遅いわね」

「……!?」

「今から、やるべきよ」

マライアは当たり前のように言った。

「明日の朝食のとき、同じようにお皿が曇っていたら、とても気分が悪いもの。もし明日にも同じような食器が目の前に並んでいたら、今いるキッチンメイドを二人とも、クビにしてやるわ！」

「そ、そんな……クビだ、なんて……」

さすがのクリスティーナも、横暴な義母に目で訴える。するとマライアは、しめしめという顔をした。

「まさかおまえは、ロクな仕事もしないメイドを庇うつもり？」

「そういう、わけでは……」

「だったら今すぐに立って、厨房に向かうことね」

「え……？」

「私をこれ以上、怒らせないためにも」

「わかり、ました……」

食事がまだ途中だったクリスティーナだが、膝にあったナプキンを仕方なくテーブルの上に置いた。静かに席を立つ。

しかしマライアはなおも非情な命令をした。

「ああ、そうそう。ついでに銅の鍋もお願いね」

「鍋も、ですか……？」

クリスティーナは驚いて聞き返した。

「どうせ汚れているわ」

「でも、それでは……」

「いいこと？　明日の朝食までに、すべてをやり終えることを忘れずにね。おまえひとりで」

「ひとりで!?」

「当たり前でしょ？　深夜に使用人を使って、余計に給金でもせがまれたら、大事だもの。キャロラインの支度が十分にできなくなるわ」

「……はい」

クリスティーナは諦めの溜息を小さくつき、ダイニングルームの隣りにある配膳室へと足早に向かった。

＊＊＊

くよくよしても仕方がないわ。早く終わらせるしか……。

クリスティーナは配膳台の上に、ありったけのシルバー製の食器と銅の鍋を並べた。

銀の食器は、ペースト状になっている専用の磨き粉で。また銅の鍋は、酢と塩を使って磨いていく。

昨日の夜もマライアから急に、キャロラインが嫁ぎ先に持っていくという十数枚のハンカチの刺繍《ししゅう》を頼まれた。義姉の出発が来週に迫っていることもあって、クリスティーナはほとんど徹夜で作業したばかりだ。

慎重な性格のためか、彼女は必要以上に丁寧に作業をしてしまう。どうしても時間がかかるのだ。

今夜もこれほどたくさんの食器や鍋を磨くとなると、眠らずにやっても、朝までに終えることができるかどうか。

ふう……。

クリスティーナは大きく息を吐いた。

それでもやるしかない——。

普段からキッチンメイドを手伝って、白砂や炭酸ナトリウム、石鹸《せっけん》で、調理器具や食器を洗っているクリスティーナの手には、あかぎれが絶えなかった。

彼女はズキズキと痛む指先を我慢し、銀食器と銅の鍋を懸命に磨き続けた。

「クリスティーナ、お嬢様……？」

どこからか聞こえてきた声に顔を上げると、紺のメイド用ワンピースに白いエプロンを付けたメイドのアリーが、目の前に立っている。

「アリー、どうしたの？」

「お嬢様が心配で」

「駄目よ、ここに来ちゃ。見つかったら、大変だわ」

「すでに零時《れいじ》を回っています。屋敷は寝静まっていますから、ご安心ください」

そう言うとハウスメイドのアリーは、茶目っ気たっぷりの笑顔をクリスティーナに向ける。

現在はハウスメイドに格下げされてはいたが、アリーは父であるバーセル伯爵が亡くなるまで、クリスティーナの侍女をしてくれていた。歳も六歳しか離れておらず、アリーはクリスティーナにとって、なんでも相談できる姉のような、友人のような存在だ。

彼女はクリスティーナが、伝統あるバーセル家の血を受け継ぐ娘でありながら、義母マライアから虐げられていることに、ひどく心を痛めていた。

二人が話すことはマライアからきつく禁じられていたが、深夜になってからアリーがこうしてときどき訪ねてきてくれる。

背が高くて少しぽっちゃり気味のアリーは、その大柄な体格と同様、頼り甲斐と度胸があった。万が一マライアに見つかったときも、彼女はお仕置きを受ける覚悟までしているらしい。

「また奥様から、こんなお仕事を？」

アリーはクリスティーナを見て、気の毒そうに言った。

「まあね」

するとアリーは毒突く。

「ひど過ぎますよ、奥様は！　悪魔です、悪魔！」

「アリーったら……」

文句を言うアリーに、クリスティーナは尋ねた。

「どうして私が、ここにいるとわかったの？　アリーは私たちが夕食をとっていたとき、ダイニングルームの近くにはいなかったでしょ？」

「メイド部屋で、メイドたちが話しているのを聞いたんです。お嬢様が、食器を磨いてらっしゃると……」

「その通り！」

クリスティーナは笑って答える。

「もう、ふざけている場合じゃ……うわっ、しかもお指のあかぎれが、またこんなにひどくなって。水仕事を続けていたら、いつになっても治りませんよ。どうしたらいいのか……」

アリーは、クリスティーナの指先に気の毒そうに視線を落とした。

「もう少し慣れれば、きっとよくなるわよ」

「でも」

「同じ年頃のキッチンメイドも、痛いのを我慢してやっているの。私だけ、贅沢は言えないわ」

「贅沢だなんて……クリスティーナ様が、伯爵家の嫡出子《ちゃくしゅつし》なんですよ！」

あっけらかんと言うクリスティーナに、アリーは訴えた。

「私は本当に平気よ、アリー」

「お嬢様……」

「それにお義姉様のご婚礼が迫っているんですもの。お手伝いできることは、なんでもして差し上げたいわ。今後はいつ、ファールスからお客様がいらっしゃるとも限らないのよ。お食事をご用意したとき、もし食器が曇っていたら、バーセル家の恥になるものね。今のうちに磨いておくのは、いいことかもしれないわ」

「だからといって、こんな夜更けまで……」

ついにアリーは、クリスティーナを見兼ねたのか、

「だったら私が代わります！　どうかお嬢様は、お部屋でお休みください！」

と、力強く言った。

しかし彼女はそんなアリーを窘《たしな》める。

「それはできないわ。もし交代したことがバレたら、あなたと私が叱られるだけでなく、二人のキッチンメイドがクビになってしまうのよ」

「まさか」

「アリーこそ、早くお部屋に戻ってちょうだい。本当に、私ひとりで大丈夫だから」

「……」

アリーの願いを聞くことなく、クリスティーナはまた食器を磨き始めた。元侍女は困り顔だ。

けれど、自分に命じられた仕事をアリーに押し付けてしまったら、それこそマライアの思う壺《つぼ》だろう。

彼女はわざと今回の食器磨きをクリスティーナに言い付け、どこかで監視しているかもしれない。

「だったら……」

アリーはクリスティーナと同じように食器を手に取った。

「私を幽霊《ゴースト》だと思ってください」

「ええっ？」

「いいですか？　お嬢様に私は見えないのですよ」

「でも」

「二人でやれば少しは早く終わりますし、私の気持ちも軽くなります。お願いです、手伝わせてください」

「アリー……」

クリスティーナは、ユニークなことを言い出したアリーに仕方なく微笑んだ。

そしてアリーは今まさに自分を幽霊だと言ったのに、一緒に食器と鍋を磨き出すと、さっそくおしゃべりを始めた。

「本当に、お嬢様には敵いませんね」

「なにが？」

「強いというか、鈍感というか。こんなに奥様から冷たくされても、決して悪くはおっしゃらないし」

アリーがそう言うと、

「それをいうなら、アリー、あなただって同じよ。欲がないというか、人が良過ぎるというか」

クリスティーナは返した。

「私が？」

「ええ、そう。私に親切にしたところで、なんの得にもならないのに。いつも助けてくれて」

「それは」

「お義母様やキャロラインお義姉様のご機嫌を上手く取っていたら、あなたは今頃、メイド頭になっていたかもしれないわよ」

するとアリーは少し照れたように言った。

「煽《おだ》てても、なにも出ませんよ、お嬢様」

「あら、私は本気よ」

「まあ確かに私って、見かけによらず、できるタイプかもしれませんが……」

と、どこか気取ったふうにぴんと背筋を伸ばしたアリーがおかしくて、クリスティーナはクスクスと微笑む。

「だけど……たとえメイド頭になって、たくさん給金をいただいたところで……私はお洒落に興味があるわけでもなく、恋人がいるわけでもなく、なんの楽しみもありません。だったらこうして、ときどきお嬢様とおしゃべりできるハウスメイドの方が、よほどいいです」

「アリー……」

クリスティーナは、ずっと傍で自分を見守ってくれているアリーに、心から感謝した。

彼女がいてくれたからこそ、父が亡くなってからも、こうして元気に頑張ってこられたのだ――。

二人はそのあとも、みんなが寝静まったバーセル邸の配膳室で食器と鍋を磨きながら、いつまでも小声で話を弾ませた。

＊＊＊

ファールスからの迎えの馬車が、明日にも到着しようとする日――クリスティーナはマライアから、彼女の自室に来るように言われた。

久し振りに義母の部屋に入ってみると、そこはクリスティーナが知っていたひと昔前とは、比べものにならないほど贅沢に変わっている。

大きな窓には、天井から豊かなドレープを描くベルベットのカーテンが吊るされ、窓際には同じ生地が貼られたマホガニーチェアに、テーブルがあった。

彫刻が施された木製のサイドボードと、二本の支柱で支えられた天蓋《てんがい》付きベッドはとても豪華で、広い床には幾何学模様《もよう》の絨毯《じゅうたん》まで敷かれている。

彼女はその光景に目を見張りながらも、なぜ自分がここに呼ばれたのだろうかと警戒した。

「クリスティーナ」

「は、はい……お義母様」

次はなにを、言い付けられるの……？

クリスティーナの全身には緊張が走る。

「考えたんだけど、ね」

「なんでしょうか？」

「ファールスへは、おまえがお行きなさい」

「ええっ……!?」

クリスティーナは義母のその言葉に仰天した。

「あ、あの……つまり私を、キャロラインお義姉様の結婚式に、お呼びいただけるのですね」

普段は意地悪なマライアだったが、今回だけはクリスティーナをバーセル家の家族として認めてくれるようだ。

「ありがとうございます、お義母様」

思いがけない言葉に、クリスティーナの頬は緩んだ。

しかし。

「そうではないの、クリスティーナ」

まさか、キャロラインの使用人として、ファールスに行かせるつもり……？

クリスティーナは身構えた。常に自分のことを疎ましく思っているマライアだ。非情なこともやり兼ねない。

「だから……」

義母は珍しく煮え切らなかった。

「私が言いたいのは……おまえをキャロラインの代わりに、スチュアート公爵家に嫁がせてやってもいいということよ」

「えっ……？　ど、どうして……!?」

クリスティーナは、マライアの話が信じられなかった。公爵家にキャロラインを嫁がせることを、あれほどまでに誇らしげにしていたのだ。たとえ天と地が逆さまになっても、クリスティーナに名誉ある公爵夫人の座を譲るはずはない。

驚いた彼女は、そのあとしばらく言葉を失っていた。そして、

「なにかのご冗談ですよね、お義母様」

と、探るように尋ねた。

「いいえ、冗談ではないわ」

マライアは、はっきりと告げる——。

計算高いキャロラインが、都会のファールスに住む裕福なスチュアート公爵との結婚をやめてもいいと言うなんて、とても考えられなかった。

彼女は身分の高い公爵家に嫁げると、あれほど自慢していたのだ。

それにたとえキャロラインがそう告げたとしても、目の前にいるマライアが許すはずはない。

いったい、どういうこと……？

二人は昨日まで、熱心にファールス行きの準備をしていた。現地での段取りや支度について、あれこれ話していたのを知っている。

マライアとキャロラインは、結婚式をなによりも楽しみにしていた。

それなのに……。

クリスティーナは、不思議で仕方がない。

「もちろん私だって、なんの取り柄もないおまえを行かせるのは、気がかりだけど……でも、キャロラインが結婚したくないと言うのだから、どうしようもないわ」

マライアは溜息まじりに言った。

「どうしてですの？　お義姉様が望まれた通り、裕福な、しかも身分の高い公爵家ですのに」

「なんだか、気乗りがしないみたいよ」

「気乗りが、しない!?」

クリスティーナはあまりにも不可解な理由に、すぐさま眉をひそめた。マライアも困ったとばかりに、わざとらしく肩を竦《すく》める。

確かにキャロラインは少々我が儘な性格ではあったが、その分負けず嫌いでとても上昇志向が強かった。

そんな義姉が、この国に数えるほどしか存在しない、王家に次ぐ身分の公爵家に嫁げるという栄誉を、そう簡単に手放すはずはない。

万が一キャロラインが、ちょっとした気まぐれでそんな戯言を吐いたとしても、ここにいるマライアがなにがなんでも嫁がせるだろう。

なぜなの……？

クリスティーナは、突然命じられた自身の結婚に、大いに戸惑った。

伯爵令嬢でありながら、これまで一度も舞踏会へは行ったことがなかった。彼女が社交界デビューする前に、伯爵の父が亡くなってしまったからだ。

伯爵令嬢であることを世間に知られていないクリスティーナは、青年貴族と真面《まとも》に話したこともなかった。社交場でのマナーもわからなければ、ダンスの仕方さえ忘れている。

そんなクリスティーナは、誰かと結婚することなど、まったく考えてもいなかった。

しかもマライアからは、使用人のように扱われてきたのだ。

伯爵令嬢として十分な教育を受けてもいないのに、いきなりファールスにある名門の公爵家へ、キャロラインの代わりに嫁がせてくれると言われても——。

「でも、お相手のスチュアート公爵は、美しいキャロラインお義姉様だから、お望みだったのでは？」

「まあ、そうね」

「でしたら、私が嫁ぐわけには。公爵家とのお約束が違います。もしキャロラインお義姉様のお気持ちが本当に変わったのなら、まずは先方に、結婚ができないということをお知らせして……」

「やかましい！」

マライアは突然、大きな声を出した。

「私だって、困ってるんだよ！」

「え……」

「公爵家からはもう、多額の結婚準備金まで、受け取ってしまったんだから！」

「……」

マライアは急に、不機嫌になった。苛立つように、クリスティーナを怒鳴り付ける。

そこには伯爵未亡人の品格の欠片すら見当たらない。

「でしたらもう一度、お義姉様を説得した方が……」

今度クリスティーナは、マライアの顔色を窺うように言った。

しかし。

「はんっ、金は全部、おまえの父親が残した借財の返済に充ててしまったわ。今さらスチュアート公爵家に行かないなんてことが、できるはずないだろ！」

「そんな……」

クリスティーナは、間違ったことを堂々と主張するマライアに困惑した。

本当に結婚を取りやめて、受け取った結婚準備金をすぐに返すことができないのなら、キャロラインとマライアがまずはファールスへ行くべきだ。

スチュアート公爵とアーノルド子爵夫人に直接会って、婚約破棄の理由を説明し、許してもらうことが先決だった。

「もしも私が、スチュアート公爵家から来た馬車に黙って乗ってしまったら……これは間違いなく詐欺ですわ、お義母様」

クリスティーナは落ち着いた調子で、マライアを説得しようとする。

「どうにか、お金をお返しする方法はないのですか？　この家にあるもので、売りに出せるものはすべて、売ってしまいましょう。でなければ……」

「お黙り！」

正しいことを言うクリスティーナを、マライアはすごい形相で睨み付けた。

「おまえがこの私に、意見をするというの？」

「違います、そうではなくて。私はただ、バーセル伯爵家を守りたいんです。このように不誠実なことをしたら、スチュアート公爵家が許してくれるはずはありません。この家が、取り潰されてしまいます！」

「そんなこと、言われなくてもわかってるさ！」

「でしたら！」

パシッ！

バーセル家のことを、なによりも大切に考えているクリスティーナの頬を、マライアは平手で強く打った。

「あ……」

クリスティーナは痛む頬を手で押さえながら、後ずさるしかない。

「生意気を言うんじゃないよ！　おまえになにが、わかるんだ!?」

贅沢な暮らしにしか興味のない義母に、いくら正義を訴えたところで、聞く耳を持つはずはなかった。

「結局おまえは、キャロフインの代わりにファールスへ行き、スチュアート公爵から責められるのが怖いんだろ？」

「お義母様、どうか……」

「本当にバーセル家とエドワードのことを考えるのなら、どんな手を使ってでも、スチュアート家に置いてもらうことだ。妻では無理だと言われたなら、愛人としてでも」

「愛人……？」

「そうさ」

クリスティーナは愕然とする。

「男というのは、自分に身体を許した女には、そうは冷たくできないものさ、クリスティーナ。もしどうしても、結婚準備金を返せと言われたら、愛人になる覚悟で公爵のベッドに裸で潜り込むんだ！」

「なんて、こと……」

クリスティーナは、マライアが恐ろしくなった。

キャロラインへの結婚準備金だけでなく、バーセル伯爵家への今後の援助まで約束してくれているというスチュアート公爵家に対して、ここまで不誠実なことをやっていいはずはない。

「いいかい？　なんの成果もなく、この家に戻ってくるんじゃないよ。もし帰ってきても、役立たずのおまえに食べさせるパンは、ひと切れだってありゃしないんだから」

「お義母様……」

「向こうにだって、負い目があるんだ。愛人でいいと必死で頼めば、きっとおまえを囲ってくれるだろうよ」

「負い目……？」

「さあさあ、ファールスに行く支度をおし。公爵家に住めるんだ。よかったじゃないか」

「……」

クリスティーナは、マライアがふと洩らした『負い目』という言葉が気になったものの

――その真意を確かめる間もなく、義母の部屋から追い出されていた。

＊＊＊

クリスティーナの気分は、どこまでも重かった。マライアの命令は絶対で、なにを言っても聞く耳を持ってくれない。

彼女は仕方なく、粗末なベッドと整理ダンスしかない小さな部屋で、ファールス行きの旅支度を始めた。

父であるバーセル伯爵が亡くなってからは、新しいドレスを作ってもらえるどころか、持っていた宝石や帽子、小物類まですべて、マライアに取り上げられていた。

名門のスチュアート公爵家に持っていけそうな物は、なにひとつ残されてはいない。

それでも少しでも見栄えのするドレスや小物を選び、クリスティーナは旅行カバンに詰め込んだ。

――すると。

トントン……。

「クリスティーナお嬢様、アリーです」

ファールス行きの準備が終わりかけた頃、ハウスメイドのアリーが部屋へとやってきた。

急遽《きゅうきょ》、キャロラインの代わりに明日出発することになったクリスティーナを訪ねてくれたらしい。

クリスティーナは、ドアの前で辺りを警戒しながら立っているアリーを自分の部屋へと引き入れた。

するとアリーはいきなり、クリスティーナに抱き付いてくる。

「よかったですね、お嬢様。公爵家に嫁がれるなんて。本当にすごいです。よかった、よかった……」

「……」

アリーはなにやら感激しているようだ。

しかしクリスティーナはその祝福を、もちろん素直に受け取ることができない。ただ不安で、表情を曇らせるだけだ。

「違うのよ、アリー」

「え……？」

クリスティーナは喜ぶアリーに、受け取ってしまったキャロラインの結婚準備金が返せず、仕方なく自分が代わりにファールスへと行くことを打ち明けた。

「本当なのですか？　それは」

目を見開いて驚くアリーに、クリスティーナは大きく頷いた。

「スチュアート公爵家は、美しいキャロラインお義姉様を強くお望みだったの。私なんかが身代わりで行ったら、お怒りになるに決まっているわ。バーセル家が取り潰されることだって……」

「まさか」

アリーは心底心配そうな顔をした。

「もしそうなったら、もう二度とアリーとこうして会うことも……」

クリスティーナはそう言って、うつむきかけたのだが、

「でもこれは、チャンスかもしれませんよ！」

アリーは突然、クリスティーナが思ってもみないことを言い出した。

「お嬢様が、バーセル家の血を引く本当のご令嬢なのです。自信を持ってください。スチュアート公爵の奥様にしていただければいいのです」

「そういうことではなくて……」

クリスティーナはアリーを諭すように言った。

「伯爵であるバーセル家が、公爵家との約束を無断で破るのよ。とんでもないことだわ。それにお義姉様の美貌の足元にも及ばない私が、スチュアート公爵の奥様になどしていただけるはずはないわ。たとえ、愛……」

『たとえ愛人だとしても……』と言いかけたクリスティーナは、慌てて口を噤んだ。

いくら信頼するアリーにも、これ以上は話せない――。

「だから、つまり……」

クリスティーナが言いかけた言葉を濁していると、アリーは言った。

「クリスティーナお嬢様なら絶対に大丈夫ですよ！　キャロライン様の外見は確かにお美しいですが、心がお美しいクリスティーナ様に敵うはずはありません」

「アリー……」

「公爵様もきっとキャロライン様ではなく、クリスティーナ様を妻にしたいと思ってくださいます」

「……」

アリーにそう強く言われると、なんの根拠がないにもかかわらず、クリスティーナも不思議とこの複雑な問題が解決できそうな気になってくる。

そしてお調子者のアリーは、まるでクリスティーナがまだ見ぬスチュアート公爵の夫人にでもなったかのように、

「これでよかったのですよ、お嬢様。やっとこの家から逃げられます」

とも言った。

「どういう意味？」

「私、旦那様が亡くなられたあとから、使用人みたいにこき使われるお嬢様を見るのが、

辛くてなりませんでした」

「え……」

「だけどもう、大丈夫。きっと神様が、お嬢様をお救いくださったのです。どうかこれからは公爵様の素敵な奥様になって、ご自分の幸せを手に入れてくださいませ」


「ありが、とう……」

思いもしなかったことではあるが、アリーのように考えれば、ファールス行きにもわずかな希望が湧いてくる。

「お嬢様にお会いできないのは寂しいですが、これで私も心置きなくこのお屋敷から出ていくことができますし」

「出ていくって？　どこに？」

「結婚します、私も」

「アリーが？」

「はい」

クリスティーナは、初めて耳にしたアリーの意外な結婚宣言に驚いた。彼女にはそんな相手はいなかったはずだ。

「どういう方？」

クリスティーナは探るように聞いた。

「相手ですか？」

「そう」

「今から見つけます」

「今から!?」

アリーはクリスティーナより六つも年上なのに、どこまでも能天気だ。

そんなアリーの明るさに、これまで幾度も助けられてはきたものの——。

「どうやって相手を見つけるの？　当てはあるの？　誰かに紹介してもらうとか？」

クリスティーナはアリーのことが気がかりで、次々と質問した。すると、

「結婚相手なんて、その気になればすぐに見つかりますよ」

アリーは堂々と言う。

「私、おっぱいの大きさには、ちょっと自信があるんです」

「おっぱ、い……？」

「はい。男性は大きなおっぱいの女性を、なにより好むらしいですから」

「そうなの？」

「亡くなった伯母が、いつもそんなことを話していました」

確かにアリーの胸元は、他のメイドに比べても大きい。いや、大き過ぎるといってもいい。

「だからって、簡単に結婚相手が見つかるものなの？」

「もちろんです」

アリーは自信満々だ。

「だとしたら……いいわね、アリーは。いつでも好きなときに結婚ができて」

クリスティーナが冗談ぽくそう告げると、

「お嬢様のおっぱいだって、なかなかですよ」

「わ、私……!?」

「はい。もちろん私のこの巨乳に比べたら、まだまだですが……。メイドたちよりは、かなり大きいと……」

アリーは突然クリスティーナの胸元へ視線を移し、微笑んだ。

「よかったですね、ご性格以外にも、スチュアート公爵様にアピールできることが見つかって」

「やだ、アリーったら。恥ずかしい……」

クリスティーナは熱くなる頬を両手で覆った。するとアリーは指摘する。

「なにが恥ずかしいのです？　駄目ですよ、これからは引っ込み思案では。男性を虜《とりこ》にするには、もっとこう、大胆でなくては……」

アリーは大きな胸元をぐいっと前に突き出し、悩ましげなポーズを取った。

クリスティーナはそんなアリーを、顔を覆っていた指の隙間から、ついつい覗き見る。生まれてすぐに母を失くし、今までこの種の話について相談する相手がいなかったクリスティーナは、性のことや男女のことに関しての知識が十分ではなかった。男性との恋愛経験もこれまでまったくなく、キスどころか手を握られたこともない。ましてやベッドでの夜の営みについてなど、想像もできなかった。

しかし十八歳になったクリスティーナは、それらのことに漠然と興味を持ち始めていた。知りたいけど、怖い。そして、恥ずかしい。だけど本当は、どんなふうに男女が愛し合うのかが気になった。

この機会を逃すと、きっと誰にも……。

「ねえ、アリー」

クリスティーナの心臓はどきどきと高鳴った。顔は羞恥で熱くなっている。それでも彼女は、思い切ってアリーに尋ねた。

「夫婦の、つまり夜の、ベッドに入ったあとの愛し合い方だけど……どういうふうにするのか……あなた、知っている？」

すると、今まで堂々としていたアリーの頬にも、赤みが差し始める。

「……私だって、詳しくは……」

「でもなにか、聞いたことはあるんでしょ？」

「まあ」

「だったら、教えてくれない？　もしかしたら本当にこのまま、スチュアート公爵家に置いていただけるかもしれないでしょ？」

「ですよ、ね……」

ファールスのスチュアート公爵家で、キャロラインがこの結婚をやめたいと言い出したことを、クリスティーナは深く謝罪するつもりでいる。

そしてもし、公爵が妻として受け入れてくれるのなら、彼女は誠心誠意尽くしていきたいと思っていた。

「まずは……ベッドの上に仰向けになって、脚をVの字に開くようです」

アリーは言った。

「Vの字!?」

「はい」

「どう、して？」

「私もよくはわかりませんが、伯母がちらりとそんなことを言っていたんです。大きく脚を開けば開くほど、男性は満足するようで」

「そうなの!?」

「あとは夫になった人が、細かく教えてくれるそうです。身体のあちこちに触られるのですが、それがとても……気持ちが、いいみたいで……」

「……」

二人は互いの顔を真っ赤に染め合った。

「つまり、その……Vの字というのは……」

それでもクリスティーナは、実践しようとする。彼女はいつもの粗末な生成りのドレスを着たまま、ベッドの上で仰向けになった。

「こんな感じ……？」

今夜しか教わることができないと思うと、クリスティーナの気持ちは焦る。なんとしても習得したい。

彼女は懸命に、スカートの中で脚をVの字に開いた。

「と、いうか……たぶん、ですが……」

アリーは伯母から直接習ったことがあるのか、クリスティーナの隣りで同じようにベッドの上に寝転び、見本を見せてくれる。

「膝《ひざ》は少し曲げても、大丈夫なようです」

「こう？」

「あっ、でも脚は……もっと大きく開いた方が……」

「難しいわね」

「はい」

「これでどう？」

「お上手です、お嬢様」

アリーはクリスティーナのVの字を褒めてくれた。

どうしてこんなポーズが必要なのかはわからなかったが、それでもクリスティーナはアリーが伯母から聞いたというこの姿勢を、何度もベッドの上で繰り返し練習した。

「ねえ、手はどうすればいいの？」

「さあ」

「やはり同じように、Vにした方がいいのかしら……」

アリーは首を小さく傾げる。

「こんなことなら、先日結婚を機に辞めていったメイドに、詳しく尋ねておくべきでした。彼女、結婚前に、夫になる人とすでにそういうことをしていたみたいですから」

「そ、そうなの!?」

「はい」

「聞けなくて残念、だったわね」

「残念、でした……」

二人はそれからもベッドの上で、Vの字を練習して語り合い、語り合ってはまた練習を続けた。

バーセル伯爵家での最後の夜を、クリスティーナはこうして過ごしたのだ。

＊＊＊

昨夜はアリーのお陰で、少しは元気が取り戻せたものの——。

やはりスチュアート公爵家との約束を反故《ほご》にする形で、迎えにやってくる馬車に乗るのだと思うと、クリスティーナの心はまた沈んだ。

けれど、選択肢はない。マライアが決めたことに逆らえなかった。

愛する弟、エドワードとバーセル伯爵家を守るためにも——。

キャロラインがどうしてこんな決断をしたのかはわからなかったが、とにかくこのままでは、スチュアート公爵家の怒りを買ったバーセル家は、いずれ取り潰されるだろう。

クリスティーナではキャロラインの美貌にはとても及ばないが、もし万が一、同じバーセル家の娘でもいいと公爵が言ってくれるなら、どんなことがあっても彼に尽くしていきたいと考えていた。

もちろん簡単に受け入れられるはずはないし、帰れと罵倒されるかもしれない。

マライアが話していたように、公爵の愛人になるしか許してもらう方法が見つからないかもしれない。

どちらにしても自分には、戻る家はなかった。

エドワードやアリーと二度と会えないのは寂しいが、バーセル家が守れ、二人が幸せであるのなら、これ以上望むこともない。

先の見えない今後を思うと、クリスティーナは不安に見舞われた。それでも心を強く持ち、前向きに生きていこうと自身を奮い立たせた。


そうこうするうち、クリスティーナがいる部屋の窓の向こうから、馬の蹄《ひづめ》の音が聞こえてきた。

二階の窓から外を見下ろすと、初夏の晴天に恵まれた青空の下、三頭立ての黒塗りの箱馬車がこちらに向かって近づいてくる。

豪奢《ごうしゃ》なその馬車は、大きく曲がりくねった馬車道を滑るように走っていた。御者は二人もいるようだ。

いよいよだわ……。

ファールスまでは馬車で三日。途中、スチュアート家の別荘で一泊し、スチュアート公爵の待つ屋敷に向かうらしい。

クリスティーナの全身は緊張に包まれた。なんといっても今から、バーセル家を援助してくれるという、親切な公爵との約束を破りに行くのだから。

やってきた御者たちには、気付かれないかしら……。

もしここでキャロラインでないことを知られてしまったら、ファールスでスチュアート公爵に会うことが叶わなくなる。

それでは謝罪をする機会さえ、失ってしまうのだ。

バーセル家のしていることは、簡単に許されるはずはなかった。それでもせめて心を尽くせば、身代わりとしてやってきたクリスティーナを受け入れてもらえるかもしれない。

悪いことをしているという自覚からか、手は小さく震えた。クリスティーナは自身を落ち着かせるように胸に手を当て、大きく息を吐く。

彼女はゆっくりと、使用人部屋のように小さな自室を出て、階段を下りていった。

エントランスホールには、燕尾服を着た執事のセバスチャンだけが、気まずそうに立っていた。

マライアは、クリスティーナを身代わりに送ることが、やってきた御者たちにバレないよう、キャロラインだけでなくエドワードや他の使用人たちにまで、彼女を見送ることを禁じているのだろう。

執事が重厚な玄関ドアを開け、クリスティーナが外に出てみると、そこには窓から見えた大きな黒塗りの馬車がすでに停まっていた。

まあ、なんてすごい馬車でしょう……。

これほど立派な箱馬車を、クリスティーナは見たことがない。スチュアート公爵家の財力もさることながら、丁重にキャロラインを迎えようとするアンドリュー・スチュアートの心遣いが感じられる。

クリスティーナの胸は、チクチクと痛んだ。

そのうちマライアが、表に出てきた。

彼女はまず、一緒に行くはずだった自分が同行できない理由を、お仕着せの服を着た御者たちに説明する。

「流行の風邪にやられてしまいましたのよ。体調が快復し次第、急いでファールスへは向かいます。今朝まで私が娘に付添うつもりでおりましたので、とくに侍女は連れていく予定はありませんの。ひとりで心細いと思います。どうか、うちの大切な娘をよろしくお願いします」

「お任せください、奥様」

「スチュアート公爵とアーノルド子爵夫人にも、よろしくお伝えくださいましね」

マライアは顔色ひとつ変えることなく、しれっとそう言った。

「かしこまりました」

伯爵家の娘であるはずなのに、付添人もなく馬車に乗ろうとしているクリスティーナに、御者たちはきっと疑問を感じただろう。

それでもどこまでもスチュアート公爵に忠実そうな御者たちは、なにかを聞くわけでもなく、深々とマライアに一礼した。

彼らは身代わりの伯爵令嬢を乗せ、豪奢な馬車をファールスへ向けて出発させた。

＊＊＊

一番見栄えのする服を身に付けてきたが、三年以上前に作った丸襟《えり》のハイウエスト・ドレスはいかにも古臭かった。

この間に、クリスティーナの身長が伸びてしまったのか、ドレスはいっそう貧相に見える。

当時は素敵に思えた刺繍のあるモスリン地も、今ではどこかやぼったい。

そのうえリボンを顎《あご》の下で結んだ花の付いた帽子には、幼ささえ残っている。

はあ……。

ファールスの街で流行っているドレスと比べたら、デザインも生地も遥かに遅れているだろう。

御者たちも、こんなクリスティーナの恰好を不思議に思っているに違いない。

それでも彼らは、どこまでも丁重にクリスティーナに接した。

今夜は馬車で過ごし、明日の午後、スチュアート家の別荘に到着するという。そこで一泊し、明後日の午後には、ファールスの公爵邸に着くらしい。

ティガールからファールスまでの三日間、クリスティーナは自分がキャロラインではないことを、この忠実な御者たちに黙っていなくてはならない。

こんな恐ろしいこと、引き受けるべきではなかったわ……。

走り出した馬車の中で、クリスティーナは早くも後悔を始めていた。

彼女がそんな思いに駆られ、しばらく立派な馬車に揺られていると――。

「お嬢様ぁ！　お嬢様ぁ！　ど、どうか、お待ちくださーいっ！」

遠くから、クリスティーナを呼ぶ声が聞こえてくる。

馬車の小さな窓から外に目をやると、アリーが大きく手を振りながら、ここまでの近道となる小さな土手を転がるように下りていた。

「馬車を！　馬車を停めてください！」

クリスティーナは声を張り上げる。

すると、御者はすぐに手綱《たづな》を引き、馬車を停めてくれた。

彼女が馬車から降りて待っていると、アリーはようやくここに辿り着いた。

「どうしたというの？　アリー。お屋敷で、なにかあった？」

「そそそ、それが……」

アリーは必死に肩で呼吸を整える。

「それがもう……た、大変なんです、お嬢様！　今すぐどこかに、お逃げください！」

「ええっ!?」

「ファールスへは、行ってはいけません！」

「なにを言うのよ、アリー。今さらそんなこと、できるはずがないわ」

クリスティーナは御者たちに聞かれないよう、アリーを少し離れた場所まで連れていった。

「いったい、なにがあったというのよ、アリー。ファールスへ行ってはいけないだなんて。詳しく説明して」

するとアリーは、大きく息を吐いた。

「驚かないでくださいね、お嬢様」

「ええ」

「お嬢様が出発されたすぐあとに、私……偶然、奥様とキャロライン様が話しているのを聞いてしまったんです」

「二人が、なんて？」

クリスティーナは慎重に尋ねた。

「それが……ファールスで待っているというスチュアート公爵というのは、お年は五十を過ぎていて、ガマガエルのように醜い顔をされているとかで……」

「ほ、本当なの……!?」

これにはさすがのクリスティーナも、目を丸くするしかなかった。

だから義姉は、相手がファールスに住む裕福な公爵であっても、この結婚を取りやめてしまったのだ。

マライアもこの驚くべき事実に、実の娘のキャロラインを、強引に嫁がせることができなかったらしい。

「お二人の話によると、ファールスではスチュアート公爵のガマガエルのような顔が有名なせいで、なかなか奥様が見つからなかったそうです。だからご本人ではなく、叔母であるアーノルド子爵夫人が、こんな田舎までいらして……」

「そ、そう……そう、だったのね」

クリスティーナはショックを受けていた。スチュアート公爵が五十歳を過ぎた、ガマガエルのような顔をしている人物だからではない。

クリスティーナは義姉の夫となる公爵とアーノルド子爵夫人からの好意のすべてが、伯爵家に対する善意だと信じていたからだ。

財政上の事情から、娘を身分の高い、年の離れた貴族に嫁がせるといった政略結婚は、貴族間ではときどき行われていた。

しかしキャロラインはスチュアート公爵について、アーノルド子爵夫人からなにも聞かされてはいなかったようだ。素敵な青年公爵だと思っていたに違いない。

クリスティーナも、どこか裏切られた気分になった。

「私、スチュアート公爵がてっきり素敵な方だとばかり思って、戸惑っていらしたお嬢様に、ファールス行きをお勧めしてしまいました。でも……」

アリーは責任を感じているらしい。

「それにキャロライン様が、醜い年寄りのガマガエル公爵は、クリスティーナ様にぴったりだと……」

「え……？」

「身代わりをさせておいて、なんという言い草でしょうね。ひどいとは、思いませんか？」

今度アリーは少し怒ったふうに言った。

「……」

けれど思わず口にしたことが、クリスティーナを傷付けてしまったのだとアリーは思ったのか、

「す、すみません……」

と、まずは謝り、

「だからお嬢様も、この結婚をおやめになるべきです！」

彼女は主張した。

「そんな恐ろしい方の奥様になるなんて、考えただけで身の毛がよだつようです。ファールスへは、行かないでください。私と一緒に逃げましょう、お嬢様」

アリーは告げる。

「に、逃げるって……どこへ!?」

「ここから北へ半日ほど歩けば、私の親戚の家があります。狭いですが、事情を話せば匿ってくれるはずです」

「ええっ？」

「さあ！」

アリーは馬車の進行方向とは反対の方へ、ぐいぐいとクリスティーナを引っ張った。

「だ、駄目よ、アリー！　やっぱり！」

クリスティーナは自らの足を止めた。

「スチュアート公爵がどんな方であっても、約束を守らなかったのはこちらなの。まずはそのことを許していただくため、私はファールスに行かなくてはならないわ」

クリスティーナは言った。

「どうしてですか!?　すべての責任は、キャロライン様にあるのですよ。どうしてお嬢様が、身代わりに……!?」

「これは、バーセル家とスチュアート家の間に交わされた約束でもあるの。もし私がここで消えてしまったら、エドワードはどうなるの？　バーセル伯爵家は取り潰されてしまうわ」

「だからといって、なぜお嬢様が犠牲に？　元はといえば奥様が、キャロライン様に決めてこられたご縁談ですよ」

「それでも」

クリスティーナは、手首を掴んでいたアリーの手をそっと離した。

「ごめんなさい、アリー。あなたが私のことをどれほど心配してくれているのか、とてもよくわかってる。だけど……」

「お嬢様は、五十を過ぎたスチュアート公爵と夫婦になるということが、本当におわかりなのですか？　その、つまり……年寄りの醜い公爵と毎晩、同じベッドで休んで、キスをして……そ、それから……」

「わかってる」

「いけません、お嬢様！　まだ十八歳だというのに。そんなお年を召した方のお相手をするなんて……」

アリーはクリスティーナに訴えた。

しかし、

「スチュアート公爵家との約束を破るような形で、身代わりとして私がファールスに向かうこと、公爵家にものすごく申し訳なく思っていたの。だって、そうでしょ？　先方は美しいお義姉様をお望みだったのに、そうでない私がこんな立派な馬車に乗っているんですもの」

「弱気になっちゃ駄目です、お嬢様！　どうしてクリスティーナ様が、ひとりでなにもかも背負わなくてはならないのですか!?」

「スチュアート公爵は、バーセル家とキャロラインお義姉様のために、大変なお気遣いをしてくださったの。たとえご容姿やご年齢がどうであれ、きっと優しい方に違いないわ」

クリスティーナは覚悟を決めたように言った。

「お嬢様……」

「もしも至らない私を妻として迎えてくださるのなら、そのご好意に甘え、すべてを捧げてお仕えするつもりよ」

「そ、そんな……」

アリーはがっくりと肩を落とした。それでも一度決めたことを簡単に覆さないクリスティーナの性格だけは、よくわかっていたのか、

「もう行くと、決めていらっしゃるのですね」

アリーは聞いた。

「ええ」

「私がどれだけ、お止めしても？」

クリスティーナは決意を秘めたように頷く。

「わかりました」

するとアリーは、少し潤ませた瞳をクリスティーナに向けた。

「お元気で、お嬢様」

「あなたもね」

「はい」

「アリーがいてくれて、これまで本当に楽しかったわ。ありがとう。あなたは私のかけがえのない、たったひとりのお友達よ」

「……」

最後までアリーには話せずにいたが、もしクリスティーナがスチュアート公爵の愛人になってしまったら、彼女とは永遠の別れになるだろう。

その覚悟を秘め、クリスティーナは感謝の気持ちを込めてアリーの肩を抱いた。

彼女は御者たちの待つ馬車へ、戻っていったのだ。

第二章　ガマガエルと呼ばれる公爵

「観念なさい、アンドリュー・スチュアート。バーセル伯爵未亡人とキャロラインは、三日後にはここ、ファールスに到着するのですよ」

　レースの付いた襟に、先が広がった袖《そで》。ムーベニア王国の貴婦人らしいシルクタフタのドレスを着たアーノルド子爵夫人は、甥であるスチュアート公爵アンドリューに息巻《いきま》いた。

「言われなくても、とっくに諦めています。だけどまさか、僕の妻になる女性を、叔母様が相談もなしに決めてくるとはね」

「あなたに任せていたら、スチュアート公爵家は絶えてしまうもの」

　叔母はぴしゃりと言い放つ。

　結婚式は来月だという。アンドリューは、結婚準備のためファールスへとやってくる、妻となるキャロラインとその母親を迎えるため、ティガール地方の南東部にあるバーセル伯爵邸まで馬車を送っていた。

　それでもまだ、自身の結婚がどこか他人事のようだ。自らの意思とは関係なく進んでいくバーセル伯爵令嬢との縁談に戸惑いを隠せない。

　すでに亡くなったアンドリューの父、元スチュアート公爵の妹である叔母、アーノルド子爵夫人は、ファールスの北西部に広大な領地を持つ名門の実家、スチュアート公爵家の行く末をどこまでも案じていた。

この家を守っていかなくてはならないたったひとりの甥、アンドリューが、二十八歳になってもいっこうに妻《めと》を娶る気配がないからだ。


流れるようなブロンドに、知的な印象のある切れ長の高貴なブルーに輝く目。鼻筋の通った顔立ち——。

アンドリュー・スチュアートは、男性にしておくにはもったいないほどの綺麗《きれい》な容姿をしていた。彼を見た人は誰でも、ハンサムだと絶賛するだろう。

しかしアンドリューは、結婚とは縁がなかった。

それもこれもスチュアート公爵アンドリューは、ガマガエルのような顔をしたガマガエル公爵と呼ばれているからだ。

彼は男女の出会いの場となる舞踏会に、まったく顔を出さなかった。そこには過剰に着飾り、自分をよく見せることしか考えていない令嬢とその付添いが、少しでも身分の高い青年貴族を逃すまいと身構えている。

いつしか人々はそんな社交場嫌いのアンドリューのことを、ガマガエルのような顔をしているのではないか、だから公の場に顔を出せないのではないか、と噂するようになった。

もちろん彼の叔母、アーノルド子爵夫人は、甥の根も葉もない噂に黙ってはいなかった。

憤慨し、あちこちの舞踏会に顔を出しては否定し続けたが、なんといっても当のスチュアート公爵がいないのだ。

噂は沈静化するどころか、ファールス郊外にまで広がった。

子爵夫人は、彼の将来を左右するデマにどこまでも腹を立てたが、アンドリューはむしろこれを好都合だと考えていた。

公爵位を持つ自分はいずれ結婚し、後継ぎを儲けなくてはならないだろう。しかし今はまだ時期尚早《じきしょうそう》。独身でいる方が自由を満喫できる。

女と遊びたければ、金さえ出せばどうにでもなった。

商売女なら下手に機嫌を取る必要もないし、アンドリューを喜ばせる方法も十分に心得ている。いつ別れを切り出しても、泣かれる心配はなかった。

結婚を迫られはしないかとびくびくすることもなく、恋文を書いたり、女性が喜びそうな贈り物を探し出す手間も省けた。

とにかく面倒なこととは、一切無縁でいられるのだ。

こんな自分は適当に女と遊び、三十代後半で結婚するのがよいのではないかと考えていた。

こうしたアンドリューの結婚観が、世間を騒がすガマガエル公爵の噂をますます広げてしまったのだろう。

けれど心配性の叔母、アーノルド子爵夫人は、甥の窮地をなんとかしなくてはならないと焦っていた。ひとりでムーベニア王国を駆け回り、彼の花嫁を探し続けた。

アンドリューの人生計画など、なにも知らずにだ。

そこで彼は、『このムーベニア王国に、絶世の美女がいたら結婚しますよ』と、叔母に口から出任せを言っていたのだが――今回ティガール地方へと保養に出かけた際に招待された舞踏会で、ついに彼女はアンドリューの妻にふさわしい令嬢を見つけてしまったらしい。

「気乗りがしなくても、今さらキャンセルはできなくってよ。絶世の美女がいたら結婚すると言ったのは、あなたなんだから」

叔母はアンドリューに念を押した。

三日後には、バーセル伯爵未亡人と娘のキャロラインがファールスへとやってくる。叔母にしてみたら、今さらアンドリューの気まぐれで、結婚を破談にするわけにはいかないのだろう。

「しかし叔母様、僕の妻になるということは、スチュアート公爵家の女主人になることですよ。大勢の使用人を束ねて家を管理し、パーティーを開いたり、招待客をもてなさなくてはならない。確かに絶世の美女を妻にもらいたいと頼んだのは僕ですが、本当に彼女に公爵夫人としての仕事が務まるのでしょうか？」

アンドリューはこの家の当主として当たり前のことを告げた。が、叔母はどこまでも自信ありげだ。

「心配は無用ですよ、スチュアート公爵。私だってその辺のところは、しっかり見てきたつもりだから」

子爵夫人は続けた。

「キャロラインは地方の伯爵家の娘として、堅実に育てられているわ。物静かで上品だし。なにより感心したのは、ファールスにいる令嬢とは違って、あまり贅沢を好まないということよ。舞踏会でも落ち着いた色のドレスを着ていたし、他の令嬢が身に付けている宝石にも、さほど目を奪われてはいなかったわ」

「そう、ですか……」

アンドリューは、叔母が発した『あまり贅沢を好まない』という言葉に注目した。どうも世の中の令嬢たちは、高い身分の公爵に嫁げば、散財しながら優雅に暮らしていけると勘違いしている。

だけどキャロラインは、美しいだけでなく、経済観念まであるらしい。

叔母からキャロラインの話をあれこれ詳しく聞いたアンドリューは、少し安心した。

「それに、令嬢のお母様のバーセル伯爵未亡人が、とてもいい方なの。明るくてよく気が利くし、お話は楽しいしで。お陰でティガールにいる間、退屈することはなかったわ」

叔母は自分が探し当ててきた縁談を、どこまでも誇らしげに語った。

アンドリューもまだ会ったことのないキャロラインが、悪い相手ではないように思えてくる。

人生の予定が少し早まったと考えて、結婚しようか……。

「に、しても……あなたはこれほどハンサムだというのに、いったい誰がガマガエル公爵だなんて言い出したのでしょう。世間というのは、裕福で公爵の爵位を持つあなたが、相当羨《うらや》ましいのね。だから、こんな嘘を並べ立てるんだわ」

最後に子爵夫人は、腹立たしげに言った。

「でも真実は違うのですから、もういいじゃありませんか」

アンドリューは彼の叔母を宥める。

「人が良過ぎるのよ、アンドリューは。そのいい加減な噂のお陰で、これまで真面な結婚相手を見つけるのに、どれほど私が苦労したことか」

アンドリューはそんな甥思いの叔母に微笑んだ。

「僕が結婚できるのは、すべて叔母様の深い愛情の賜物《たまもの》です。これからは妻になってくれる人と一緒に孝行します」

アーノルド子爵夫人は、ようやく動き出した甥の縁談にほっとしたのか。いつまでも嬉しそうに目を細めていた。

妻をもらうことになったアンドリュー・スチュアートは、来月のキャロラインとの結婚に向けて身辺の整理を始めていた。

パトロンになっていた劇場の歌姫や、何度か身体を合わせたことのある高級娼館の女とも、綺麗さっぱりとその関係を清算した。

今までは独身を謳歌《おうか》し、適当に遊んできたが、今後は違う。妻となる女性を迎えるのだ。家庭内での揉め事は避けたいし、妻を尊重したい。大切にもしてやりたい。なんといっても、自分の子供の母となる人だから。

アンドリューは、キャロラインと彼女の母親のため、スチュアート公爵邸の二階にある貴賓室《きひんしつ》を用意した。美しい花々が咲き誇る自慢の中庭が、バルコニーから臨める部屋だ。特別な来客をもてなすため、家具や調度品、絵画や絨毯、リンネルに至るまで、細心の気遣いを施していたのだが、それでも昨年替えたばかりの青いカーテンの色が、どうもくすんで見えた。

彼は急いでフランスから可憐な花柄模様のシルク地を取り寄せ、カーテンだけでなく、貴賓室にある肘掛《ひじか》け付きソファーや椅子《いす》、ベッドサイドのオットマンまで、すべて同じ生地に張り替えさせた。

アーノルド子爵夫人が約束してきた日に間に合うよう、三頭立ての馬車をバーセル伯爵邸へも向かわせた。もっとも信頼できる御者を二人選び、念入りに馬車の点検を終えてからだ。

ティガールからの途中、二人が一泊するはずのスチュアート家の別荘にも、アンドリューは気配りを見せていた。

メイド頭とよく気の利くメイドを数人、腕のいいコックと美味しい菓子が焼けるパティシエをそこに送っていたのだ。

叔母から初めて結婚の話を聞いたときはかなり戸惑いもしたが、徐々に夫となる自覚が生まれてきたようだ。

＊＊＊

キャロラインとバーセル伯爵未亡人は、今日の午後にもファールスにあるスチュアート公爵邸に到着するだろう。

二人に会えるのを楽しみにしていたアンドリューだが、幼い頃より仲がいい王子から、個人的な相談があるので宮殿に来てほしいと、突然呼び出しを受けてしまう。

出かけないわけには……。

アンドリューの母親代わりで、今回の結婚の功労者でもある叔母が、夫であるアーノルド子爵の体調が優れないにもかかわらず、ティガール地方からやってくる来客をともに迎えるため、スチュアート公爵邸へと足を運んでくれていた。

アンドリューがこれから出かけることになり、叔母がいてくれて助かったのだが、具合のよくないアーノルド子爵のことを考えたら、彼女を長く引き止めるわけにもいかない。

彼はできるだけ早く屋敷に戻ることを約束し、上流貴族の正装である黒のモーニングコートにコールズボン、ホワイトタイを付けて、トップハットを被り、王子の待つ宮殿へと向かった。

こういうときに限り、なかなか用は終わらないもの――。

アーノルドは、三頭立ての馬車の手綱を握る御者に命じ、スチュアート邸へと戻る道を急がせた。

西の空が、すでにオレンジ色に焼け始めている。キャロラインとバーセル伯爵未亡人は、もう到着しているだろう。

幼いころに母を亡くし、十年前に父を失くしたアンドリューは、長い間、屋敷で家族との時間を過ごしていない。初めのうちは寂しいと感じたこともあったが、今ではそんな感覚すら忘れてしまっている。

これからはキャロラインと二人、幸せな家庭が築けるだろうか――。

塀《へい》に囲まれた錬鉄《れんてつ》の門から、高い屋根のある玄関前の車寄せまでが、今日はやけに遠く感じた。

アンドリューは敷地内の美しく整えられた芝生の小道を豪奢な馬車に揺られながら、逸る気持ちを抑える。

玄関前の大きく水を跳ね上げているマジョリカ風の噴水が日に入ってきた。

もうすぐだ……。

しかし彼がようやく屋敷に到着し、スチュアート公爵家の紋章の入った重厚な二重扉を開けると――その帰りをよほど待ちわびていたのか。エントランスホールにいた叔母のアーノルド子爵夫人が、血相を変えて飛んでくる。

「ど、どうしましょう、アンドリュー。大変なことが起きてしまったわ！」

「なにがあったのです!?」

叔母のあまりの慌てように、屋敷に戻ったばかりのアンドリューは困惑した。

「そ、それが……キャロラインが……」

彼女は軽い眩暈《めまい》を覚えたのか、

「ああ、もう。こんなことになって……どう、しましょう……」

と言いながら、手のひらで額《ひたい》を覆う。

「僕の書斎で話しましょうか、叔母様」

エントランスホールで立ち話をするには、使用人の目もあった。

彼は動揺する叔母を、一階の奥にある書斎へと案内したのだ。

アンドリューはひとまず叔母を、書斎にあるソファーへと座らせた。

「大丈夫ですか、叔母様。ご気分は……？」

「平気よ」

「なにか飲み物でも？」

「そんなことより」

彼の叔母は、話を先に進めたがった。

「ごめんなさい、アンドリュー。まさか、こんなことになるとは。バーセル伯爵未亡人を、あれほど信用していたというのに……」

「いったい、なにがあったのです？」

「それが……キャロラインが……キャロラインでは、なかったのよ」

「はっ？」

「今日馬車に乗って到着した娘が、別人だったの」

「なんですって!?」

これにはさすがのアンドリューも、大声をあげた。

「どういうことなんです？」

「その娘が話すには……自分はキャロラインの妹で、代わりに来たと……」

「代わり？」

「でも、変なの。着ているドレスは見るからに粗末だし、持ってきたのも小さな旅行カバンがひとつだけ。侍女も連れてなくて」

アンドリューは確認するように聞いた。

「バーセル伯爵未亡人は、いらしてないのですか？　確かキャロラインと、一緒に来られるはずでしたよね」

「それが、風邪を引いたとかで。妹だと名乗る娘だけが、やってきたのよ……」

アーノルド子爵夫人は、声に落胆の響きを乗せてそう言った。

「でも、迎えに行った御者の話によれば、玄関口まで出てきた伯爵未亡人の顔色はよかったし、身体もぴんぴんしていたそうよ。とても風邪で寝込んでいるようには、見えなかったみたい」

「そう、ですか……」

アンドリューはこんな不可解なことがあるのだろうかと、腕を組み、大きく息を吐いた。

叔母は美しいキャロラインだからこそ、結婚準備金まで渡し、スチュアート公爵家に迎えようとしたのだ。

なのに、別人が来るとは……。

「で、どんな娘なんですか？　そのキャロラインの身代わりというのは」

「立ち居振る舞いなどは、しっかりとした感じね。礼儀正しい娘だったわ」

「つまり、ある程度の教育は受けていると？」

「でも、キャロラインと姉妹だという割りには、二人はまったく似てないの。もちろん、母親のバーセル伯爵未亡人とも……。あっ、それに……」

アーノルド子爵夫人は、肝心なことを思い出したようだ。

「未亡人は間違いなく、伯爵家には娘と息子がひとりずつしかいないと言っていたわ」

「どういうことです？」

「まさかあの子……使用人じゃないかしら!?」

「使用人……!?」

「おそらく、バーセル家の侍女か家庭教師よ！」

叔母がバーセル伯爵未亡人から聞いたという話が本当ならば、彼女の推測は正しいだろう。

「つまりバーセル伯爵家は、キャロラインの代わりに、使用人の娘をこのスチュアート公爵家に、僕の妻として送ってきたというわけですか？」

「たぶん……」

「なんということだ！　公爵家をバカにするにもほどがある！」

アンドリューは思わず声を荒らげた。

「落ち着いてちょうだい、アンドリュー。これはなにかの手違いよ。ティガールでお会いしたバーセル伯爵未亡人が、そんなことをするはずがないわ。あの方、とてもいい方だったの」

「しかし」

「私からももう一度、あの娘に詳しく事情を聞いてみましょう」

叔母はそう言って彼を宥めたが、アンドリューの怒りは治まらなかった。

これまで心を尽くして、キャロラインとバーセル伯爵未亡人をこの屋敷に迎え入れる準備をしてきたのだ。裏切られたという気持ちが、どうしても先に立ってしまう。

「でも、なぜなんです？　叔母様は、今後のバーセル家への援助まで約束してきたと言いましたよね」

「ええ、確かに変だわ。バーセル伯爵夫人もキャロラインも、あなたとの結婚をあれほど心待ちにしていたというのに……」

「もしか、して……？」

二人の頭には同時にあることが浮かんだ。

「そうだわ、きっとそうよ。あの噂を耳にしたのに違いないわ」

スチュアート公爵夫人になる名誉まで捨て、非常識にも妹と名乗る使用人のような娘をこの屋敷に寄越したのだ。そんな無謀なことをする理由といえば、例のガマガエル公爵の噂が、ティガールまで届いていたとしか考えられない。

「だとしても、あまりにも公爵家を侮辱しています。たとえ結婚の約束を破棄するにしても、結婚準備金を返し、バーセル伯爵未亡人が直接ファールスへと出向いて事情を説明すべきです。まさか困窮しているバーセル家は、こちらが用立てた金を返すつもりがないのでは……？」

アンドリューは起きている現実と、叔母から聞いた話を総合して考えを述べたのだが、意外にもそれは的を射ている気がした。

どうやらアーノルド子爵夫人も、同じように思ったらしい。

「だったらバーセル伯爵未亡人は、善人の仮面を被った悪魔ね。よくも私を……」

騙されたと結論付けたアーノルド子爵夫人は、怒りで唇を震わせる。

彼女は独身の甥、アンドリューの結婚相手をようやく見つけ、ここまでお膳立てをしてきた。キャロラインをティガールから迎え入れるため、どれほどの心労を重ねてきたことか。

アンドリューは叔母が、とても気の毒になった。申し訳ないとさえ思えてくる。たとえバーセル家からの真摯な謝罪を受けたとしても、簡単に許すことはできない――。

「その娘は、今どこに？」

彼は尋ねた。

「あなたの指示通り、執事が貴賓室に案内してあるわ」

「あとは僕に任せて、叔母様はアーノルド邸にお戻りください」

「でも」

「子爵の体調が、思わしくないのでしょ？」

「その通りだけど……これでは夫ではなく、私の方が寝込んでしまいそうよ」

「どうか、ご心配なさらずに。僕が解決します……」

アンドリューは、のちほど叔母に手紙を届けることを約束し、彼女をスチュアート公爵邸から見送った。

＊＊＊

アンドリュー・スチュアートは、スチュアート公爵家を侮辱したバーセル伯爵未亡人とキャロライン、そして貴賓室にいる妹だと名乗る娘が許せなかった。

たとえ彼の顔がガマガエルのように醜いという噂を耳にしたとしても、直接ファールスへとやってきて、先に確かめるのが筋だ。

結婚を約束した婚約者のアンドリューとその親族より、世間の噂を信じるとは――。

呆れてものが言えなかった。これではまるで叔母が、妻のもらい手のないガマガエルの甥を、キャロラインに押し付けたようだ。

アンドリューを心配する叔母は、憔悴《しょうすい》しきっていた。誰よりも責任を感じているのだろう。

彼はバーセル家の人間を懲らしめてやりたかった。

すぐに貴賓室へ向かおうとしたアンドリューだが、その足をいったん止めた。

バーセル伯爵家の人間は、アンドリューのことを本当にガマガエルの顔をした醜い公爵だと決めつけている。キャロラインの妹だという娘をこのままバーセル家に返したら、彼女はアンドリューの本来の姿を伯爵未亡人たちに報告するだろう。

ならばなにも、無理に真実を明かす必要はない。スチュアート公爵アンドリューが醜い顔でないという事実を後々知って、後悔すればいいのだ――。

彼は自分の行動がバカげているとは思いながらも、一度自室に戻り、舞踏会で一度だけ使用したことのある、口元しか見えない大きな仮面を顔に着けた。

これならガマガエルのような顔立ちなのかどうか、娘にわかるはずはない。

キャロラインが、はるばるティガール地方からファールスまで嫁いでくれると信じていたから、アンドリューは二人が滞在する貴賓室だけでなく、別荘にまで格別の気遣いをしていた。

それがすべて、妹と名乗る使用人かもしれない娘のためだったとは——。

怒りがふたたび込み上げてくる。


アンドリューは貴賓室のドアをノックした。

トントン……。

すると中から、「はい」という声が聞こえてくる。キャロラインの妹と名乗る娘だ。

さあ、この屋敷から追い出してやる……。

ハンサムな顔を隠すように、大きな仮面を着けたアンドリューは、そう意気込んで貴賓室へと入った。

娘はまるでこの一連のあくどい企みを反省するかのように、腹の前で両手を重ねて立っている。

「アンドリュー・スチュアートだ」

「クリスティーナ・バーセルと申します」

娘はか細いが、どこか凛《りん》とした声でそう名乗る。

「悪いが、本当の名前を教えてくれ」

「クリスティーナ・バーセルです」

彼女は二度とも同じように、バーセルという姓を口にした。

かなり教育、されているな……。

叔母が話していたように、この娘の容姿に『絶世の美女』という言葉は似合わない。

しかし胸はかなりふくよかで、腰は折れるように細く、男がそそられるなんとも魅力的な体形をしている。

それでいてその愛らしい顔には、少女らしい初々しさが見え隠れした。

さすがにガマガエルの俺を誘惑するため、送り込まれた女だけはある……。

けれど娘の姿にたとえ一瞬目を奪われたとしても、アンドリューが彼女を妻にすることはない。

キャロラインの妹だと名乗るこの女は、ひと目で流行に遅れていることがわかる粗末なドレスを着ていた。宝石や髪飾りなど、貴族の娘が好むアクセサリーはなにひとつ身に付けてはいない。

しかも腹の前で重ねている手はカサカサで、あかぎれまでできている。

やはり、伯爵家の娘ではないようだ。

しっかりとした立ち居振る舞いから、侍女か家庭教師かとも思ったが、それも違っているらしい。

常に水仕事をしている、キッチンメイド……!?

「おまえは、バーセル家の使用人なのか」

アンドリューは聞いた。

「いいえ」

「しかしバーセル伯爵未亡人は、娘と息子がひとりずつだと、アーノルド子爵夫人に話したそうだ」

「そ、それは……」

娘は一瞬困った顔をしたが、それでも姿勢を崩さずに視線を上げ、アンドリューを見つめた。

「このような恰好では、信じていただけないかもしれませんが……私の父は三年前に亡くなったバーセル伯爵です」

「つまり伯爵が、外に作った子供というわけか」

「違います」

「……」

これはなかなか手ごわいかもしれないと、アンドリューは思った。

たかが使用人なら、醜い顔に仮面を着けた公爵がこうして問い詰めれば、すぐに本当のことを話し出すはずだ。

けれど彼女は堂々としていた。その姿はまるで、自身が本物の貴族令嬢だとでも言っているようだ。

「では今から、おまえをクリスティーナと呼ぶことにしよう」

「ありがとうございます」

娘は自分の話したことが認められたとでも思ったのか、礼を述べた。

「それでは、クリスティーナ。なぜ、おまえがここにいるのかから、説明してくれ」

「……」

すると、クリスティーナの顔色が変わった。バーセル家が企んだことを、彼女は彼女なりに悪いと思っているらしい。

「俺が結婚しようとこの屋敷に招いたのは、おまえではなくキャロラインだ。どうして入れ替わったんだ？　キャロラインはなぜ来ない？」

アンドリューの畳みかけるような問いかけに、クリスティーナは言葉を詰まらせる。

「実は……姉が、急に……公爵様とは、結婚できないと申しまして……」

「ほう、どうしてだ？　理由を聞こうじゃないか」

「それは……」

「もしかして俺の顔が、ガマガエルのように醜いから？」

「え……」

彼女は驚いたように目を見開いた。仮面の奥のアンドリューの視線が、クリスティーナと真正面からぶつかる。

彼女はすぐに、

「い、いいえ……決して、そのようなことは……」

と、誤魔化《ごまか》そうとしたが――。

やっぱり、そうか……。

アンドリューは確信した。たとえファールスに住む裕福な公爵だとしても、外見が醜い男との結婚は考え直したいようだ。

美人だと褒《ほ》め称えられ、周りからちやほやされている女の考えそうなことだ……。

とはいえ、ここまで非常識なことをされたのだ。今さらあれは『単なる噂だから心配ない』とこの娘に説明し、本当の顔を見せる気にはなれない。

「だからバーセル伯爵未亡人は、俺におまえを押し付けたんだな」

「あの……」

「本当のことを話してくれ」

アンドリューが言うと、クリスティーナという娘は最後まで嘘がつけないのか、

「え、あ……は、はい。そうです……」

と、戸惑いながらもその事実を認めた。

「で、おまえはどうなんだ？　俺の顔がガマガエルのように醜くても平気なのか？　結婚できるのか？」

すると娘は、安堵した表情を浮かべた。

「喜んでお受けいたします」

「喜んで、ね」

アンドリューは呆れたふうに溜息をつく。

たとえどれほど公爵家が落ちぶれたとしても、本当に彼の顔がガマガエルに似ていたとしても。スチュアート公爵アンドリューが、使用人かもしれない娘と簡単に結婚することはない。

彼は自分の行動が意地悪いと知りつつ、敢えて聞き返した。

「どうしてだ？　姉のキャロラインは、俺のガマガエルの顔が嫌だと結婚をやめたんだろ？」

「で、でも……バーセル家への今後の援助までお約束いただけて、私は本当にありがたいと思っています」

「ほう」

「それにお顔は、その方の個性です。優先にすべきことではないと……。だからもし、あなたが、母と姉のしたことをお許しくださるというのなら、私は生涯妻として……」

「冗談はそこまでだ、クリスティーナ」

彼は急に饒舌になり始めたクリスティーナを遮った。

「なぜ公爵の俺が、おまえなんかと結婚するんだ？　ガマガエルの顔の俺には、他に結婚相手が見つからないとでも!?」

「と、とんでもございません……」

「スチュアート公爵の妻は、誰でもいいというわけではない。おまえなんかが簡単になれるはずはないだろう！」

「あ……は、はい」

クリスティーナはようやく二人の身分の差を思い知ったのか、その顔からはみるみるうちに血の気が引いていく。

「申し訳、ございません……」

彼女は謝罪した。

確かに身の程を知らないこの娘にも呆れたが、顔がガマガエルのように醜いアンドリューになら、使用人を押し付けてもいいと考えたバーセル伯爵未亡人とキャロラインへの怒りの方が強い。

王家に次ぐ身分のスチュアート公爵家をバカにするにもほどがあった。

アンドリューは厳しい口調で、目の前にいる娘に言った。

「わかったら、さっさと荷物を纏めてこの屋敷から出ていけ！　俺がいつまでもこんな茶番に付き合うとでも思ったか!?」

「公爵、様……」

それでも娘はまだ伝え足りないことでもあるのか、彼を見つめた。

「聞こえないのか？　それとも帰りの馬車のことを心配しているか？」

「あの……」

「いいだろう。おまえが本当は誰なのか、その正体まで含めたすべての真相を今すぐここで打ち明けるというのなら、ティガールまでの馬車を出してやる」

「本当に、私は……」

「その代わり向こうに戻ったら、母親だというバーセル伯爵未亡人に伝えるんだ。アーノルド子爵夫人が渡した今回の結婚準備金は、スチュアート家にいる腕っ節の強い男たちが、すぐに取りに伺いますと」

「それは困ります！」

クリスティーナは突然、大きな声を出した。

「なんだと!?　困るだって？」

「はい」

娘は必死の形相《ぎょうそう》を見せる。

「おまえはまだ、自分の犯した罪がわかってないようだな。伯爵家とグルになり、善良なアーノルド子爵夫人から結婚準備金を騙し取ったんだぞ。それだけでは済まずに、公爵の俺の妻になろうとまで……」

「……」

「いい気になるな！」

我慢の限界を迎えたアンドリューはさらに毒づいた。

「ご、ごめんなさい。でも、私……バーセル家に戻ることは、できないのです……」

「は？」

「至らないのはわかっています。それでもどうか、あなたの奥様に……」

いくら説明しても、その意味をまったく埋解しようとしないクリスティーナに、アンドリューは呆れた。

彼がたとえガマガエルのように醜い顔をしていても、スチュアート公爵アンドリューが妻を娶るのだ。新婦の親族は公爵家と縁続きになり、その結婚は王家にまで報告される。

それがどれほど、名誉なことか——。

いっそのこと顔を見せて驚かせてやろうかともアンドリューは思ったが、本当の彼の姿をクリスティーナに聞いたキャロラインとバーセル伯爵未亡人から、結婚話をまた元にもどしてほしいとも頼まれ兼ねない。

アンドリューはこれ以上、バーセル伯爵家と係わり合いを持ちたくなかった。彼が素顔を晒し、本気で結婚しようと思えば、いくらでも相手は見つかる。

キャロラインがアンドリュー好みの絶世の美女だとしても、人の誠意を平気で踏み躙《にじ》る人間を、彼は許すことができなかった。

「どうか、お願いです、公爵様……」

アンドリューが高圧的な態度に出たためか、クリスティーナはその瞳を潤ませていた。

「泣いても無駄だ」

「……」

——しかし。

クリスティーナの澄んだエメラルドの瞳を初めてじっくり見たアンドリューは、いつしかその美しさに魅了されていた。

この娘、なんと綺麗な目をしているんだ……。

彼は彼女への視線が外せなくなっていた。ただただじっと見つめてしまう。

どうして俺は使用人の娘相手に、これほど動揺している……？

するとクリスティーナは、そんな彼に哀願した。

「でしたら……愛人では、駄目でしょうか……」

「愛人!?」

アンドリューは驚いて聞き返した。

「まさか俺の、愛人になりたいというのか」

「私のようなものを、公爵様の妻にしていただこうなどとは二度と申しません。でももし、こちらに置いていただけるのなら、たとえ愛人であっても……」

「……」

「なんでもして、お尽くしいたします」

アンドリューは呆れてものが言えなかった。

間もなく妻を迎えようとするこのスチュアート公爵家に、不埒《ふらち》にも愛人を住まわせることなどできるはずがない。

クリスティーナは、アンドリューが女好きで破廉恥《はれんち》な公爵だと思っているようだ。

「おまえ、年はいくつだ？」

アンドリューは聞いた。

「十八になりました」

十八歳の愛人志願——。

バーセル伯爵未亡人から、『妻にしてもらえないなら、愛人にでもなれ』とでも、命令されているのだろうか。

だからといって、この娘をどうこうするわけにはいかない。

アンドリューは深い溜息をついた。

バーセル伯爵家はなにがあっても、結婚準備金を返さないようだ。とはいえ、十八歳の娘の身体を結婚準備金の代償にするとは非情過ぎる。

なんと、卑劣な……。

アンドリューの胸のうちには、また怒りが湧き上がってくる。

「クリスティーナ、おまえ、男と寝たことは？」

「まだ、ありません」

「愛人がなにをするか、知っているのか？」

「少し、ですが……」

クリスティーナは呟くように言った。

「……キ、キスをして……そ、それで……ベッドで一緒に、休んだりして……」

「それから？」

「そ、それから……」

「俺を気持ちよくするんだ」

「き、気持ち……よく？」

「つまり、こういうことだ」

アンドリューは十八だというクリスティーナを、いきなり貴賓室の大きなベッドに突き

倒した。

「乱暴は、やめてください！」

彼女は上半身を起こし、ベッドの上を後ずさる。

「なにを怖がる必要がある？　愛人になりたいと言い出したのは、おまえの方だろ？」

「でも……」

「だったら大人しく、その役目を教わるんだ」

「……」

アンドリューはか細いクリスティーナの腰に跨《また》がり、震える両肩をベッドに押さえ付けた。

「や、やめて……なにを、なさるんです？」

「なにって？　男と女が裸になって、ベッドの上ですることだよ」

「え……」

クリスティーナの顔が、恐怖で青ざめていくのがわかる。この娘は本当に、まだなにも男女のことを知らないらしい。

なのに、愛人を志願するとは……。

アンドリューは本気で、娘の身体を奪おうなどとは考えてはいなかった。どんな事情があったとしても、簡単に愛人になりたいと申し出た彼女を、少し懲らしめてやろうと思っただけだ。

身の危険を感じたクリスティーナは、愛人になることを諦め、すぐにこの屋敷から立ち去るだろう。

「どうする？　これでもまだ、愛人になりたいのか？」

アンドリューは仮面を着けた顔で、怯えるクリスティーナに迫った。

「どうなんだ！　答えろ！」

「はい……愛人に、してください……」

クリスティーナは覚悟を決めたように、エメラルドに輝く瞳を自ら閉じる。

「後悔するなよ」

アンドリューは仮面を着けたまま、クリスティーナの愛らしい唇を奪っていた。

「んんん、くっ……」

甘くて柔らかな彼女の唇の感触を味わおうともせず、彼はわざとぐいぐいと自身の唇を上から押し付けた。

クリスティーナはそんな強引な口づけが嫌なのか、抵抗するように小さく左右に首を振る。

しかしアンドリューは、片方の手で彼女の肩を押さえつけ、もう片方で顎を掴まえながら、荒っぽいキスを繰り返した。

「つ……んぅ」

やがてクリスティーナは、感情のない口づけでも受け入れるべきだと思ったのか、急に大人しくなった。

悩ましげな吐息まで洩らし始める。

「う、っ……あ、ん……」

これではただ、キスを楽しんでいるだけではないか――。

俺は、なにをやっているんだ……？

アンドリューはこの娘を怖がらせ、スチュアート公爵邸から追い払うため、ベッドで彼女に跨っている。

バーセル伯爵家を懲らしめることが目的なのだ。それを忘れてはいけない。

彼はなおも乱暴なキスを続けた。

そのうちアンドリューは、彼の過激な脅しに臆することのないクリスティーナが、だんだん疎ましくなってくる。

おもしろく、ないな……。

アンドリューは、閉じていたクリスティーナの唇の隙間に、自らの舌を突き立てた。無理やり彼女の唇を開かせて、このキスに性的な意味合いがあることを示そうとする。

けれどクリスティーナは、いっこうにその唇を開こうとはしなかった。

まさか、キスの経験も……？

ぎゅっと目を閉じたまま、蝋人形《ろうにんぎょう》のように動かないクリスティーナが、アンドリューの目にはなんとも憐れに映る。

ガマガエルから施されるキスに、必死で耐えているようだ――。

アンドリューの心のうちには、小さな罪悪感が生まれた。

いくらバーセル伯爵家を戒めるのが目的だとはいえ、キスも知らない十八の娘を、こんなに怖がらせていいはずはない。

「つまらない、女だ……」

アンドリューはそう呟くと、クリスティーナの唇から離れた。

「こんな下手なキスで、俺が満足するとでも思ったのか？」

「ごめん、なさい……」

「愛人になる素質はないようだ。ベッドの上で俺を気持ちよくできないのなら、直ちにこの屋敷から立ち去ってくれ」

けれどクリスティーナは、真上にいるアンドリューに真剣な眼差しを向ける。

「教えて、ください……」

「え？」

「でしたら、どのようにキスをすればいいのか、教えていただきたいのです。あなたに喜んでもらうには、私はなにをすれば……？」

「……っ！」

すぐにでも娘が逃げ出すことを予想していたアンドリューは、不意打ちを食らう。

「お願いです、教えてください！」

彼女はどこまでも愛人になりたがっているようだ。この屋敷に居座ることを諦めないらしい。

金の、ため……？　それとも公爵の愛人になり、一生贅沢に暮らしていくことを望んでいる……？

バカな娘だ……。

「醜い顔をした俺が、怖くはないのか？」

「はい、感謝しているくらいです」

「感謝？」

「キャロラインお姉様のために、豪奢な馬車を用意してくださり、別荘でもたいそうなおもてなしを受けました。素敵なこの貴賓室もそうです。すべて公爵様のお心尽くしだということはわかっています」

「……」

アンドリューは眉間に皺《しわ》を寄せた。

この娘は利口なのか、鈍いのか。それとも計算高い……？

「おまえは……」

「私ではどこまで上手く、愛人のお仕事ができるのかはわかりません。だけど一生懸命、努めさせていただきます。ですからどうか、教えてください！　私をこのお屋敷から、追い出さないでください！」

クリスティーナの大胆で向こう見ずな言動に、必死で抑えようとしていたアンドリューの感情は高ぶった。

「そんなに俺の、愛人になりたいのか」

「はい」

「だったら……望み通りにしてやるよ」

アンドリューは、クリスティーナの唇をふたたび塞いだ。その愛らしい唇の隙間に、すぐさま尖らせた舌を挿し込もうとする。

彼は力ずくでそこを開いた。

「あ、うっ……んんっ」

クリスティーナは初めての深いキスに驚いたのか、一瞬身体を硬くした。

それでもアンドリューの舌が彼女の口腔《こうこう》に忍び込み、動き出すと、クリスティーナは悩ましげな吐息を洩らし始める。

「つん……ふ、う……っ」

舌を挿し入れたクリスティーナの中からは、まだ男を知らない、初々しい温度が感じられた。

彼は舌先で歯列を舐め、処女の粘膜《ねんまく》をくすぐっていく。

「う……はあ、くっ……」

クリスティーナの呼吸は速くなった。なにかに縋《すが》り付くように、甘い吐息を落とす。

気が付くとアンドリューは、本能のままに彼女の口腔を犯していた。

くちゅくちゅという唾液《だえき》の音が、貴賓室に卑猥に響き、彼は次第に興奮させられていく。

「んっ……あ、ぅ……っ」

クリスティーナは激しいキスで息が苦しくなったのか、小さな呻き声をあげた。

しかしアンドリューにはそれが、彼の舌をもっと奥へと誘っているように思えてしまう。

「ふ……あぁ……」

彼は彼女の舌を自らの舌で搦《から》め捕《と》った。

「あぅ……っ」

クリスティーナはその艶めかしいキスに、小さく身体をびくりと震わせた。性交渉に慣れた女たちからはとても見られない、新鮮な仕草だ。

彼はますます冷静ではいられなくなった。この娘を少し怖がらせるだけのつもりが、もっと先まで奪いたくなっている。

彼はクリスティーノが着ていた丸襟のハイウエストドレスの上から、その豊満な膨らみを鷲《わし》掴んだ。

五本の指を巧みに操り、ぐにぐにと大きな乳房を揉み込んでいく。

「あぅ……や、やめっ……んんっ」

初めての胸への愛撫に、彼女は驚いたに違いない。しかも相手が仮面を着けた醜いと言われる公爵なのだ。抵抗したいに決まっていた。

けれどクリスティーナは、そんな気持ちをひたすら隠すように、アンドリューからの淫らな行為を受け入れようとする。

どこまで公爵の愛人になることに、執着しているのか……。

アンドリューは口づけを深くしながら、大きな手で豊かな膨らみを下から掬《すく》い上げ、なおも激しく揉みしだいていく。

「ん、や……やぁ……はぅ」

彼はその指先を彼女のバストの中央に集中させた。敏感な突起ばかりを、わざとぴんぴんと弾いていく。

「あっ……あ、や……んぅ」

クリスティーナは悩ましげに、身体をくねらせた。

十八歳のクリスティーナが、彼の指先に気持ちよさそうに反応している。アンドリューはなぜか彼女が愛おしくて堪らなくなった。

あともう少しだけ、クリスティーナをいじめたい……。

彼は指を巧みに動かしながら、そのふくよかな乳房と敏感な頂へのいやらしい愛撫を続けた。

「んっ……むあっ」

キスで唇を塞いでいるクリスティーナの呼吸が、ますます速くなっていく。まるでアンドリューの指に、生娘の身体を悶えさせているようだ。

「あん……う、くぅ……っ」

彼は唇をクリスティーナの首筋へとずらした。彼女は細い顎先を持ち上げ、艶っぽく喘ぎ始める。

「や、公爵、様……私、なんだか……変な、気分に……」

「変な、気分……？」

「も……申し訳、ありません……」

ドレスの上から少し胸に触れただけで、クリスティーナはこんなにも感じてしまっている。

なんと、感度がいいのだろうか。彼女の奥に自分の欲望を埋め込んだら、どんな顔をしてイクのか。

一度、試してみたい……。

アンドリューは無意識のうちに生まれてくる男の本能を、必死で抑えた。このままクリスティーナを抱いてしまったら、バーセル家の思う壺だ。

さっさと終わらせよう……。

冷静さを取り戻したアンドリューは、クリスティーナの胸に置いた手を彼女の下半身へと運んだ。

一気にスカートを捲り上げる。

「きゃあっ！」

クリスティーナは大きな声をあげた。

けれど彼はかまうことなく、彼女の白くてむっちりとした内腿《うちもも》を卑猥な手付きで撫で上げる。

「や、やめて！」

アンドリューの強引な動作が、クリスティーナの本心を引き出したのか。彼女はとっさに拒否する言葉を口にした。

「やめろ、だって？」

アンドリューは間髪をいれずに聞き返す。

「……で、ですから……」

「俺の愛人になるといったくせに、こんなこともできないのか？」

「すみま、せん……私……」

クリスティーナは自身が犯した失敗に、悲痛な表情を浮かべていた。

しかし彼は上手く行ったとばかりに、すぐにベッドから下りてしまう。

「おまえには、愛人なんて似合わない。どんな事情があっても、愛人になる仕事など簡単に引き受けるな」

「公爵様……」

「まだ若いんだ。これからいい男と巡り合うことも、幸せになることもできる」

「……」

クリスティーナが気の毒に思えたアンドリューは、頑なだったその方針まで変えた。

「バーセル伯爵家に渡した結婚準備金だが……今日のおまえの度胸に免じて、忘れることにしてやる。もう返さなくてもいいと、未亡人に伝えておけ」

「え……」

「今夜はここで休んで。明日、ティガールへ戻りなさい」

「あの」

アンドリューはそう告げると、ベッドの上にクリスティーナを残したまま貴賓室をあとにした。

第三章　身も心も甘く乱す公爵

クリスティーナの心臓は、翌朝になってもまだ、バクバクと大きな音を立てていた。

男性との初めてのキスに、胸への愛撫、そして——。

仮面の奥から見えた、スチュアート公爵アンドリューの気品あるブルーの瞳が、とても印象的だった。

激しく合わせた唇には、未だに甘くて切ない感触が残っている。

触れられた身体には、はしたない余韻がくすぶっていて、きゅんと淫らに疼いた下腹部には、もどかしげな熱が宿っていた。

ベッドの上で彼からされたことを思い出すだけで、頬が今でもかあっと熱くなる。

彼の手で触れられた脚の付け根には、ねっとりとした液体がこぼれていた。どうやらクリスティーナは、初めての悦びを味わってしまったようだ。

そしてなぜか、スチュアート公爵の面影が目に焼き付き、離れなくなっていた——。

昨日のクリスティーナは、突然貴賓室にやってきたスチュアート公爵とのやりとりで精一杯だった。

しかし落ち着いて思い出してみると、アリーが義母とキャロラインから聞いたという公爵の年齢は違っているようだ。

初めて目にしたスチュアート公爵アンドリューは、その顔に大きな仮面を着けてはいたものの、ブロンドの髪に白髪はなく、手や首にも皺はなかった。肌はくすんでもいないし、声の感じも若い。

すらりとした長身で、腹が出ている気配もなかった。背筋だってぴんと伸びていた。高襟《たかえり》のカラーシャツとベストに、センスのいい青のクラヴァットを合わせており、どう考えても死んだ父と同じ、五十歳を過ぎた紳士には見えなかった。

二十代の後半か、三十代前半では……？

義母たちが、誰か他の人の話をしていたのだろうか。あるいはアリーが、聞き違えたのか――。

いずれにしてもスチュアート公爵アンドリューは、まだ若き青年公爵のようだ。

それでも顔全体を大きな仮面で隠しているのを見ると、ガマガエルに似ているという噂は本当らしい。

いくら年が若かったとしても、どこまでも高望みをする義姉、キャロラインだ。醜い容姿を持つ彼との結婚を、今さら考え直すとは思えなかった。

クリスティーナはスチュアート公爵に対し、改めて申し訳ない気持ちでいっぱいになった。

それに実際彼と会ってみたら、バーセル家のしたことに憤りを覚えているはずなのに、クリスティーナへの思いやりまで感じられた。

いきなりベッドで馬乗りになられたときは驚いてしまったが、彼は初めからクリスティーナの身体を奪うつもりはなかったようだ。

しかもひどい形でスチュアート公爵家を裏切ってしまったのに、結婚準備金の返却も求めないという。

スチュアート公爵は、困窮するバーセル伯爵家を救おうとしてくれた恩人だ。

迎えに来た馬車や、ここへ来る途中で一泊したスチュアート家の別荘、そして贅を尽くしたこの貴賓室のすべてに、彼の心遣いが感じられた。

それなのに……。

愛人を志願したクリスティーナの身体は、いつしかスチュアート公爵を拒んでいた。

そんな自分がクリスティーナは、とても恥ずかしかった。

もう一度、スチュアート公爵とお会いしなくては……。

いくら彼が結婚準備金を返さなくていいと言ってくれても、このまま公爵邸を出ていくわけにはいかなかった。

愛人としてこの屋敷に残るなら、お金を受け取ってもいいのかもしれないが、これは違う……。

公爵が嫌だったわけではなく、初めての男性との行為が怖かっただけだと、クリスティーナは伝えたかった。

スチュアート公爵は、義母の魂胆を見抜いていたにもかかわらず、最後までクリスティーナを気遣ってくれた。

義母たちがアーノルド子爵夫人に話していなかったため、マライアが父の後妻であること、キャロラインがバーセルの家の血を継いでないことをクリスティーナは公爵に黙っていたが、このことも打ち明けたい。

とにかく真実を……。

クリスティーナの脳裏には、いろんな思いが交錯していた。

「お支度のお手伝いにまいりました」

スチュアート公爵邸を立ち去るクリスティーナを手伝おうと、別荘でも世話になったメイド頭が貴賓室へとやってくる。

「馬車の用意も、すでに整っているとのことです」

「馬車、ですか？」

「さようでございます」

メイド頭は戸惑いがちに答えた。

約束通りにスチュアート公爵は、クリスティーナに馬車を出してくれるようだ。

しかし彼女はどうしてももう一度、彼に面会したかった。いや、すべきだと思った。

「最後にスチュアート公爵とお会いして、ご挨拶《あいさつ》を申し上げたいのですが……お取次ぎをお願いできませんか？」

けれどメイド頭は困った顔をする。

「執事からは、今すぐご出発いただくようにと……」

「なんとかお願いします！」

クリスティーナは訴えた。

「わかりました……」

メイド頭は貴賓室を出ていった。


――しかし。

戻ってきたのはメイド頭ではなく、黒の燕尾服を着たスチュアート家の執事。

「主人はもう、お嬢様にお会いする必要はないと申しております」

「え……」

「どうか、用意した馬車にお乗りください。バーセル家まで、お送りいたします」

執事はクリスティーナに、はっきりとそう言った。

「……はい」

塵《ちり》ひとつない、気品あふれるこの貴賓室の、大きなドレープを描くカーテンや、ベッドの上のリンネル、肘掛け椅子やソファー、オットマンまで。そのすべてに統一された綺麗な花柄のシルク地が張られている。

金細工《きんざいく》がある白亜の壁に、ペルシャ模様の絨毯。天蓋の付いた豪華なベッドに、細かい彫刻が施された家具や調度品まで――。

贅が尽くされたこの部屋で過ごしたひとときは、まるで夢でも見ているようだったと、クリスティーナは思っていた。

改めてスチュアート公爵の細かい気配りを感じてしまう。

やはり、このままでは……。

手厚いもてなしを受けたのだ。スチュアート公爵家を出ていくにしても、バーセル家が受け取ってしまった結婚準備金はやはり返すべきだ。たとえ何年先になったとしても。

スチュアート公爵はいらないと言うかもしれないが、それではクリスティーナの気が済まなかった。

彼女はもう一度、スチュアート公爵に会ってきちんと話をしたかった。

「公爵様は今、どちらに？」

「一階の奥にある書斎で、執務を行っておられます」

「そう、ですか……」

と、クリスティーナは呟いたのだが、

「ごめんなさい、やっぱりどうしても、公爵様とお会いしたいのです！」

「ええっ？　お、お待ちくださいませ、お嬢様！」

彼女は執事の言葉を振り切るように、貴賓室を飛び出していた。

クリスティーナは、洗練されたデザインの手すりのある螺旋《らせん》階段を一目散《いちもくさん》に駆け下りた。

格子模様の焼き絵タイルが敷き詰められたスチュアート公爵邸のエントランスホールへ出たあと、さまざまな年代の絵画が飾られる長い廊下を奥へ奥へと走り抜ける。

淑女らしき振る舞いではないことは、十分にわかっていた。それでもこのままスチュアート公爵に会わずにバーセル家へと戻ったら、生涯後悔が残るだろう。

クリスティーナを使用人だと思っていたにもかかわらず、これほどの優しさを見せてくれたのだ。彼に心からのお礼とお詫び、そして真実を告げたかった。

このまま立ち去ることなどできない――。

「お待ちください、お嬢様！　許可なく主人の部屋に入られては困ります！」

執事はスチュアート公爵がいるだろう書斎の、大きなドアの前でクリスティーナを掴まえた。

「お待ちください、私からもう一度、主人に尋ねてまいりますので」

「こちらにいらっしゃるのでしょ？　でしたら、私が……」

書斎の前で二人が押し問答を続けていると、内側から大きなドアが開いた。仮面を着けたスチュアート公爵アンドリューが出てくる。

「なにを騒いでいる？」

「あ、は、はあ……それより、そのお顔、は……」

執事は仮面を着けた主人の顔を、まるで初めて見たかのように目を見張った。

「いいんだ、余計なことは」

公爵はそう言って、まずは執事を窘めたあと、クリスティーナの方へといぶかしげな目を向けた。

「なぜおまえがここにいる？　もうとっくにティガールに向けて、出発したのではなかったのか？」

「どうしても、公爵様にお話が……」

「話？」

「はい」

「いいだろう、入れ」

スチュアート公爵は、クリスティーナを書斎へと招き入れた。

＊＊＊

「結婚準備金を返さなくてもいいと言ってやったのに、わざわざ自分から危険な火の中に飛び込んでくるとは……なかなか度胸の据わった娘だ」

スチュアート公爵アンドリューはそう言うと、クリスティーナをどこか不思議そうな目で見る。

「それで、なんの話があるというのだ？」

「お仕事中、申し訳ございません。昨日は気が動転していて、きちんとお礼も言えませんでしたし、本当のことも……」

「本当のこと？」

「愛人になり、恩返しさせていただくわけでもないのに。なにも話さず、このまま結婚準備金を受け取るわけにはいかないと思いまして」

クリスティーナがそう告げると、大きな仮面を着けたスチュアート公爵は、小さく首を傾げた。

「まったく、変わった娘だ。バーセル伯爵未亡人から言い付かってきたおまえの仕事は、おそらく遂行できただろうに」

「はい」

「とりあえず、座りなさい」

彼は部屋の中央にあった、肘掛けの付いた大きなソファーを彼女に勧めた。

「ありがとう、ございます」

クリスティーナは公爵と向かい合うように、そこへと腰かける。

書斎の両側の、天井まで高さがある大きな本棚には、英語だけではなくラテン語や、その他の言語で書かれた本がぎっしりと並んでいた。

光の量を調整するためか、窓のカーテンは半分だけ閉められていて、そこを背に彼が執務に使うのだろう広いデスクがあった。書類箱にオイルランプ、処理をしかけていたのか、手紙が何通か置かれている。

こぢんまりとしたこの書斎は、スチュアート公爵アンドリューが使いやすさを重視して作らせたようだ。

「それで？　話を聞こうじゃないか」

「はい」

クリスティーナはまずは背筋を伸ばし、言葉を選びながら話し出す。

「実は……母であるバーセル伯爵未亡人が、アーノルド子爵夫人にはお話ししていないことがございまして……」

「ほう」

「私の現在の母、バーセル伯爵未亡人は本当の母ではありません。姉のキャロラインも……」

「やはり、そうか……」

スチュアート公爵は、溜息まじりにクリスティーナの話の腰を折った。

「だから伯爵令嬢とは思えない、粗末なドレスを着ているんだな」

「ええ」

「バーセル家では、ひどい待遇を受けているようだ」

「あ、はい」

「つまり、おまえは……バーセル伯爵の非嫡出子《ひちゃくしゅつし》というわけだな」

スチュアート公爵は、まったく見当違いなことを言った。

「ち、違います」

「アーノルド子爵夫人が、おまえとキャロラインは似ていないと言っていたが、そういうことか……」

彼はなにかひとりで納得した様子だ。

「確かに義姉は、私とは比べものにならないほどに美しい……」

「で、おまえは……なにを話しにここに？」

「えっ？」

「なにが望みだと、聞いているんだ！」

公爵は眉間に皺を寄せて、クリスティーナに詰め寄った。

「望みだなんて……別に、私は……」

スチュアート公爵はクリスティーナの粗末な身なりから、彼女の父が外に作った、マライアではない別の女性に産ませた子だと勘違いしたようだ。

キャロラインではなくクリスティーナの方が、バーセル家の血を正当に受け継ぐ娘だとはまったく思ってもいないらしい。

どうしよう……。

クリスティーナは、どう話せば彼が信じてくれるだろうかと考えていた。

けれど公爵は、彼女が想像をもしなかった、とんでもない解釈を始める。

「……せっかく俺が、結婚準備金の返却を求めないと言ってやったのに……おまえはバーセル家へ帰ることを拒み、こうしてまた訪ねてきた。と、いうことは……」

「こ、拒んでは……」

「意地悪な義母のいる家には、戻りたくないというわけか」

「そういうことでは」

「おまえの身なりからすると、伯爵家では使用人のように扱われていたみたいだが……しかしおまえは、非摘出子だ。バーセル家で面倒を見てもらえるだけ、ありがたいと思わなくては」

「私は、決して……」

ここまで一方的に話が進んでしまうと、どこから説明し直せばいいのか――クリスティーナは戸惑った。

「どうやら、ガマガエルのような顔をした俺を無理やり押し付けられて、バーセル伯爵未亡人を恨んでいるようだが……復讐《ふくしゅう》でもしたいのか？」

「そんなことは」

「だったらやはり、公爵の妻の座がほしいというわけだな。使用人の身分だと断られたから、それでわざわざ伯爵の落とし胤《だね》だというのを告白しにきたのか」

「本当に違い、ます……」

けれど仮面を着けたスチュアート公爵に、鋭い目で責めるように見つめられると、クリスティーナの声は小さく萎《しぼ》んでいく。

「醜い俺の顔を我慢してでも、この屋敷で贅沢を続けたいのか」

「だから」

「おまえはなかなか、計算高い娘だ」

「ええっ……？」

「いいだろう。そこまで決心ができたのなら、望みどおりにしてやるよ」

クリスティーナの向かい側に座っていたスチュアート公爵は、突然すっくと立ち上がった。

仮面の奥に輝くブルーの瞳で、彼女をソファーに釘付けにし、ゆっくりとこちらにやってくる。

「な、なにを……？」

彼はクリスティーナの隣りに座ったかと思うと、いきなり彼女の両手を掴んだ。

「や、やめっ……やめてください！」

「怖いのか？　身体を奪われるのが？」

「どうか……」

「バーセル伯爵未亡人にこんな使われ方をするおまえが気の毒で、危うく騙されるところだったよ。まさかここまで、贅沢に目がくらんだ娘だったとは」

「誤解です」

「伯爵令嬢であろうがなかろうが、俺には関係はない。そんなにここに居座りたいなら、叶えてやる。ただし、俺が毎晩抱きたくなる、妖艶《ようえん》な愛人になれるのなら」

「やっ！」

スチュアート公爵は、クリスティーナを力ずくでソファーに押し倒した。そのうえ、

「女を抱くのに、どうして俺が仮面を？　こうしてやる……」

と、彼は高襟のシャツに付けていたクラヴァットを首から外し、素早くクリスティーナの目元に巻き付ける。

「な、なにを……する、のですか……!?」

「これで俺の顔が見えないはずだ。仮面を着けたままでは、十分に楽しめないからね。外させてもらうよ」

「え……」

公爵は仮面を外した自身の顔を見られないよう、クリスティーナに目隠しをしたみたいだ。

「やっ……ん、んんっ……」

クラヴァットで視界を塞がれたクリスティーナは、両方の手を頭の上に縫い付けられた恰好で、公爵に唇を奪われていた。

柔らかで艶めかしい彼のモノが、唇の上を荒々しく這い回っていく。

クリスティーナはただ礼と真実、そしてこのまま彼の好意に甘えることができないと伝えに来ただけだ。

それなのに……。

スチュアート公爵は、どうやら本気で彼女の処女を奪うらしい。初めての身体をこんな形で奉げてしまうのだと思うと、恐怖さえ襲ってくる。

それでも上下の唇を啄むような、悩ましい大人のキスが施されると、クリスティーナの身体は次第に蕩《とろ》けていった。

「ん、あぅ……」

スチュアート公爵は、彼女の唇の隙間を無理やり割った。一方的に肉厚の舌を口の中へと侵入させる。

「や、ん……っ」

彼は生々しく蠢《うごめ》く舌で、クリスティーナの口腔を激しく犯した。

「ぁああ、やっ……ふ、うぅ……」

弾力のある生き物が、口の中で動いているようだ。

けれど公爵の不埒な舌でいやらしく掻き回されているうち、クリスティーナはいつしか甘く酔わされていた。

視界が閉ざされているため、余計に全身の神経が研ぎ澄まされる。次になにが起こるのかもわからない。

そんな不安と未知の快感に怯えるクリスティーナの口腔を、スチュアート公爵は卑猥に舐め尽くした。

舌先で歯列を丁寧《ていねい》に慰められたあとは、粘膜の奥までいやらしくくすぐられていく。

「あぅ……く、うっ……」

呑み込めない唾液が、クリスティーナの口の中からあふれ出した。

苦しくなった彼女が息をするため、自らの唇を大きく開くと、クリスティーナの舌は瞬く間に彼の口の中へと吸い取られてしまう。

「あ、むう……んん……っ」

スチュアート公爵は、彼女の舌を自身の舌で搦め捕った。容赦なく弄んでいく。

なにも見えない真っ暗な世界で、卑猥に躍る舌先の生々しい感触だけが、クリスティーナを支配した。

それは貴賓室で施されたキスとは違い、どこまでも濃厚で淫らだ。

彼女の呼吸は、ますます速くなった。これからなにをされるのかわからず、心臓の鼓動は割れんばかりに速く打ち始める。

「こ、公爵様……な、なにを……なさるの、です……？」

クリスティーナは深いキスに言葉を吸い取られながらも、彼女を愛人にしようとする彼を止めた。が、なにも見えない闇の中では、公爵が今考えていることすらわからない。

自由を奪われたクリスティーナは、そのディープなキスをただ受け入れるしかなかった。

そして気が付くと——昨日貴賓室で味わった、あのエロチックな疼きが、下肢にまた宿っている。

敏感な脚の付け根はドクドクと淫らに脈打ち、はしたない熱を放出した。

「あ……ぁあ……っ」

恥ずかしい身体の変化をふたたび感じたクリスティーナは、腰の奥に崩れるような快感を覚えていた。

けれどなにもかもが初めての彼女は、それが不埒なものだと思ってしまう。消極的な性への欲は、やがて漠然とした恐怖に変わった。

怖い……。

やめてほしい。解放してもらいたい。もしそれが叶わず、このまま彼の愛人になる運命なら、せめて目隠しを取ってほしかった。

スチュアート公爵の素顔が見たい――。

しかし、クリスティーナを組み敷いている今日の公爵には、思いやりの欠片もなかった。

彼女に怒りを覚えているのか、ただ荒々しいキスを続けるだけだ。

「ど、どうか……私の、話を……やぁん！」

いくら説明しようとしても、彼の艶めかしい唇と舌が、彼女の言葉をかき消していく。

「んんぅ……あ、ぅ……んんっ……」

ついにスチュアート公爵の手が、クリスティーナが着ていたモスリンのハイウエスト・

ドレスにかかった。

胸元を蠢く彼の指を感じてしまう。

どうやらスチュアート公爵は、丸襟の縁にある、彼女のドレスのリボンを解こうとしているようだ。

だめっ！　お、お願い……。

けれどクリスティーナのそんな思いが、伝わるはずもなかった。

リボンはあっという間に外され、彼女の粗末なドレスは、一気に腰辺りにまでずり下げられる。

「やんっ！　あ……い、いや……」

公爵の指が、クリスティーナの素肌をいやらしくなぞっていく。首筋から鎖骨、そして二つの膨らみを覆っているコルセットの縁まで。

指先は若い素肌を舐めるように、卑猥に動き回った。

「こ、公爵様……は、話を……聞いて、ください……私、は……」

クリスティーナは恐怖に怯えながらも、なんとか声を絞り出そうとした。

「どうか……」

「……」

それでも指は、クリスティーナの敏感な素肌の上をくすぐり続ける。

「い、今から……なにを、なさるのです？」

「決まっている。おまえが望んでいたことだ」

「私の……？」

「愛人になりたいんだろ？」

「やん……っ！」

スチュアート公爵夫人の座につこうなどとは、夢にも思っていない。

もしどうしても結婚準備金の返還を迫られたら、愛人にしてもらうしか方法はないと考えていただけだ。

初めは義母に迫られて仕方なく愛人を志願したが、それも彼がとても思いやりのある、優しい人だとわかり、傍に置いてもらいたくなったから。

しかし公爵は、バーセル家が受け取った結婚準備金を返さなくてもいいと言った。

クリスティーナは感謝の気持ちを伝え、バーセルの名に恥じないよう、申し出を謹んで辞退しようと伝えに来ただけ。

なのに今、クリスティーナはスチュアート公爵に組み敷かれ、深いキスをされている。

昨日貴賓室で会った彼とは別人のように、荒々しく——。

きちんと説明さえすれば……。

スチュアート公爵は激しい手付きで、コルセットの上からクリスティーナの胸を揉んだ。

「や……公爵、様……」

彼は片方の手でクリスティーナの自由を奪ったまま、もう片方の手で、彼女の膨らみを守っていたコルセットの紐を解こうとする。

「だめ……お願、い……やめ、て……」

視界を塞がれていたクリスティーナは、湧き起こってくる下肢からの淫らな疼きとともに、底知れない恐怖を感じた。

「どこまでも、犯してやる……」

公爵はクリスティーナの耳元でそうささやくと、彼女が付けていたコルセットを一気に引き下ろした。

「きゃっ！」

クリスティーナは胸元に、ひんやりとした空気を感じた。スチュアート公爵の目の前には、なにも着けていない膨らみが曝け出されているのだろうか。

「や……ど、どうして……」

クリスティーナの視界は塞がれていたが、時刻は確か正午を少し過ぎたくらい。いくら書斎の窓の半分が厚手のカーテンで覆われているとはいえ、部屋の中には昼間の陽が差し込んでいるはずだ。

あ……。

おそらく膨らみの中央にある薄赤い頂までもが、スチュアート公爵の目に映し出されているだろう。

「や……」

クリスティーナは羞恥で気が動転した。恥ずかしくて堪らない。

しかも彼の手の動きが、ぴたりと止まっているということは、クリスティーナの乳房を間近で眺めているとしか思えない。

彼女は頭の上で押さえつけられていた手がようやく緩んだ隙に、素早く胸元へと手を下ろし、二つの膨らみの先を隠した。

しかし、

「駄目だ、許さない……」

スチュアート公爵はそう言うと、クリスティーナの手を取り除いてしまう。

「私、は……は、恥ずかしくて……」

クリスティーナが呟くように言うと、

「綺麗なのに、なぜだ？」

スチュアート公爵は聞き返した。

「き、綺麗……なのですか？　私が……？」

「ああ、そうだ。もっと見せてくれ。そそられる……」

「……」

スチュアート公爵からの甘い言葉に、クリスティーナは一瞬感動すら覚えたが、彼に敏感な胸の先を凝視されているのだと思うと、恥ずかしくて頬が熱くなる。

「なんて美しい色だ……」

「あの」

「触れても、いいか？」

「そ、それは……」

今まで無許可でクリスティーナの自由を奪ってきた公爵だが、なぜか突然優しく聞いてくる。

彼の怒りが、少しは治まったのだろうか。

それとも――。

「愛人に、したい……」

「え……？」

「おまえを俺の、愛人にしたいんだ。受けてくれ」

「……」

バーセル家まで送り届けてもらうはずのクリスティーナは、愛人になるためにこの書斎に出向いたのではない。

親切なスチュアート公爵の気持ちに心から礼を言い、何年先になるかはわからないが、結婚準備金を返すことを約束したかったからだ。

けれどクリスティーナは今、大きなソファーの上で、公爵に組み敷かれていた。愛人にしたいとまで言われている。

いったい、どうしたら……。

戸惑うクリスティーナの答えも聞かずに、スチュアート公爵は、ゆっくりとその指を首筋に滑らせ始めた。いやらしい指先は、徐々に胸元へと近づいていく。

彼の指は、彼女の豊かな膨らみの縁を何度か行ったり来たりしたあと、もどかしげにその丘を登り始めた。

目隠しをされたままのクリスティーナは、ソファーに貼り付けられた気分だった。公爵の指の蠢きを、ただ感じることしかできない。

しかし指は、彼女に苦しみを与えるのではなく、快楽の世界へと導いていった。

豊かに膨らんだ乳房に悩ましげな円を描き、乳輪を微妙にくすぐり、すでに硬く勃《た》ち上がっていた乳首の先をツンツンと悪戯《いたずら》に弾く。

「ひゃ、やんっ！」

全身に、淫らな痺《しび》れが駆け巡った。あまりの気持ちよさに、クリスティーナは身体を震わせる。

「男性に触れられるのは、初めて？」

「……は、はい」

「乳首はこんなにも、感じているのに？」

「……」

「身体はどこまでも淫らなようだ」

「あ……ん、ぅ……っ」

スチュアート公爵はその大きな手のひらで、クリスティーナのたわわな乳房を鷲掴んだ。

強弱のリズムを付けて、卑猥にそこを揉んでいく。

「やん……あ、っう……んあぁ」

油断すると、すぐさま淫らな世界に引き込まれそうだった。

まだ触れられてもいない下半身までが、はしたない熱でぐすぐすと蕩けていく。

「あぅ……や、くっ……」

彼は左右の二つの手を使い、クリスティーナの豊かな膨らみを、ぐにぐにと揉みしだいた。

手のひらで彼女の若い乳房を慰めながら、二本の指で硬く勃ち上がった先をきゅっ、きゅっと抓んでいく。

「やんっ……あ…… んん、っ……だ、め……」

全身に淫らな快感が走り抜けた。

愛人になるつもりなどないと、今そうはっきり言えば、彼はこのふしだらな行為をやめてくれるかもしれない。

けれど、悦びの入り口を知ってしまったクリスティーナには、もう引き返す方法がわからなかった。

上半身を露わにした彼女の呼吸は、目隠しをされたまま、激しく乱れている。

ドロワーズの中にある脚と脚の間が、どこまでももやもやと疼いてしまう。

「は、ぅ……だめ、もう……やっ……」

抵抗しないクリスティーナを、公爵の淫らな指がおもしろそうに弄んだ。

ひとりでに火照っていく下肢がもどかしくて、彼女はいつしか膝と膝をもぞもぞと擦り合わせている。

「ますますいい色になってきたよ、おまえの乳首」

「や……」

「キスを、落としてやろう」

「あぅ……あ、あんっ！」

スチュアート公爵は不埒な言葉を並べたあと、ちゅっちゅっと、わざといやらしい音を立て、硬くなったクリスティーナの胸の先に口づけた。

柔らかな彼の唇の温度が、敏感な頂に触れるたびに、クリスティーナの全身は淫らな熱に犯されていく。

なぜか腹の奥が、じんじんと切なく疼いた。

「そろそろ、食べ頃のようだ」

スチュアート公爵は、いきなりクリスティーナの乳首を口へと含んだ。

「ひゃんっ！」

ぞくりとした強い快感が、下肢から身体の中心へと駆け上った。スチュアート公爵に咥えられた頂からは、艶めかしい感触が伝わってくる。

すでに硬くなっていた頂を舐める、ぴちゃぴちゃといういやらしい音が、昼間の書斎に響いた。

「やぁ……こんな、こと……だ、め……っ」

バーセル家を出発する前夜に、アリーから聞いた男性からの愛され方とはかなり違っているようだ。

まさか公爵が、赤ちゃんのように胸の先に吸い付くとは……。

驚くクリスティーナを気に留めることもなく、スチュアート公爵の口と舌は、彼女の豊かな胸の膨らみを気持ちよくしていく。

「あんっ……う、っ……やぁ」

彼の舌先で、チロチロと乳首を舐めくすぐられると、下半身からは崩れるような快感が襲ってきた。

公爵は、淫らな吐息を洩らすクリスティーナの感度を探りながら、胸の膨らみに淫靡な愛撫を続ける。

「んんっ……あ……い、いい……」

官能の世界に引き込まれていたクリスティーナは、自身の腰をひとりでにもぞもぞと動かしてしまう。

公爵はざらついた舌で、なおも硬くなった彼女の乳首を攻め立てた。そこをぎゅっと舌で押し潰したかと思うと、ちゅーっと強く吸ったりもする。

「あ、ぁあんっ……や……だ、めぇ……っ」

もう片方の乳房も、彼の手で掴まれ、形が変わるほどにぐにぐにと揉みしだかれている。クリスティーナは公爵の指と舌の両方で、敏感な先を攻められていた。呼吸がはあはあと、どこまでも上がっていく。

大切な部分を覆っているドロワーズには、もうすでに淫らな蜜が滴っているはずだ。

クリスティーナは、目隠しをされた真っ暗な世界で、初めての性の悦びを感じていた。

——すると。

クリスティーナの胸にあったスチュアート公爵の手が、下へ下へと滑っていく。それは彼女の脇腹から腰を通過し、太腿《ふともも》の外側へと到達した。

何度かそこをさわさわと優しく撫でられたあと、手は無造作にドレスのスカートの中へと潜り込む。

「や……やめ、て……な、なにを……？」

危険を察知したクリスティーナの本能が、スチュアート公爵の手を拒んだ。

しかし彼は強引に、指先を内腿の隙間に忍ばせた。そこに、気持ちのいい円を描き続ける。

「あんっ……い、あっ……で、でも……だめっ」

なにも見えないクリスティーナの神経は、内腿を撫で上げる彼の指に集中した。

「開いて」

「ど、どうして……？」

絶妙な愛撫に酔わされていたクリスティーナだが、スチュアート公爵からの突然の命令にその身を硬くした。

「あの」

「いいから、脚を開くんだ」

「やっ……」

それでも不埒な公爵の指は、無理にでもクリスティーナの脚を開かせようとする。

「や、もう……これ、以上は……」

スチュアート公爵は、アリーと練習したあのVの字を求めているのだろう。

その先には未知の行為が待っているのかと思うと、クリスティーナは臆病になった。

けれど彼は、彼女の脚を無理にでも開かせようとした。クリスティーナの身体は、そんな指を拒み続ける。

するとスチュアート公爵はまた、クリスティーナの尖った乳首を口に咥えたのだ。

「あんっ！」

彼は舌先で、彼女の硬く勃ち上がった頂を絶妙に転がしながら、ドロワーズの上から内腿の奥へと指を滑らせていく。

「あぅ……は、っん……」

彼の指が、初めてのクリスティーナの敏感な股間を捕らえようとした。いつしか彼女の身体からは、抵抗するための力が失われている。

――そして。

「ひゃん！」

スチュアート公爵は薄い下着の上から、ついに彼女の大切な部分に触れた。指はそのままソコを前後に擦っていく。

「んぁっ……や……っ」

クリスティーナの下半身には、今まで味わったことのない初めての快感が渦巻いた。

あまりの気持ちよさに、全身をびくりと震わせてしまう。

スチュアート公爵は、彼女の敏感な縦の割れ目に沿うように、布の上から卑猥に指を動かし続けた。

「んんっ……う、くっ……っふぁ」

「どう？　ここが一番、感じるだろ？」

「え……あ、はい……や、やんっ」

クリスティーナは、ぐりぐりとソコを探るような、公爵のそんないやらしい指に、どこまでも感じていた。

「ずいぶん、濡れてきたね」

「……」

「そんなに気持ちがいい？」

「あ、ん……ぁあっ……」

スチュアート公爵は、すでに湿っていたドロワーズの上から指を押し付けるようにして、卑猥な円を描く。

「あぅ……だ、だめぇ……そ、そんなこと……や、やめて……っ」

しかし拒絶する言葉とは裏腹に、クリスティーナの腰は、あまりの快感で今にも踊りだしそうだ。

ドロワーズははしたない蜜で、すでにぐっしょりと濡れていた。目隠しのお陰で、ふしだらな自分の恰好がわからないのが幸いだ。

それでも昼間の明るい部屋で、このような淫らな行為に溺れているのだと思うと、クリスティーナの顔は羞恥で熱くなった。

彼女が闇の中で、指から与えられる快感に耽っていると——公爵はいつしか身に付けていたドロワーズの紐を解いている。

彼はクリスティーナの腰から、その濡れた下着の中へと、すぽりと手を忍ばせた。

「やんっ！　こ……公爵、様……」

驚いたクリスティーナの全身に、緊張が駆け抜けた。

スチュアート公爵はまた彼女の乳首を咥えたかと思うと、ドロワーズの中にあった指をごそごそと動かしていく。

クリスティーナのダークブラウンの薄い茂みをいやらしく撫でたあと、彼は五本の指を彼女の恥骨に被せた。

「はぅ、んっ！」

公爵は手のひら全体をクリスティーナの大切な部分に押し付け、マッサージでもするようにやわやわと揉みほぐしていく。

同時に唇と舌を使い、ぴんと勃った乳首を弄ぶ。

「やぁ……だ、だめ……公爵、様……」

脚の間にある敏感な入り口からは、いけない蜜がさらにあふれ出た。

公爵は手のひらで恥骨を覆ったまま、中指だけを一本、クリスティーナの蜜口に挿入する。

「んんう……あ、やっ……な、なにを……なさるの、です……？」

大切な場所に異物が押し込まれ、クリスティーナは驚いた。

しかしスチュアート公爵が、その質問に答えることはなかった。

彼は彼女の膨らみにある敏感な頂を唇で食み、舌先でチロチロと転がし、蜜口に挿し込んだ指を掻き回している。まるで、楽しんでいるかのように。

「あ、あん……だめ、です……っ」

敏感な入り口に挿れられた指が、卑猥に蠢いていた。

なにも見えないクリスティーナは、初めての快感と不安の狭間で怯えるしかない。

公爵は彼女を気遣うことなく、蜜口に挿入した指をぐねぐねと艶めかしく動かした。

「やぁ……いや……ん、んぅ」

クリスティーナの下肢からは、気持ちのいい快感の渦が湧き上がってくる。

「はぅ……っふ」

「もう、びしょ濡れだ。おまえのココ」

「え……」

「処女のくせに、感じやすい身体のようだ」

「……」

クリスティーナは恥ずかしくて頬を上気させる。

それでも腰は、快感を与えてくれる公爵の指を求めて、ふわふわと浮き上がってしまう。

蜜口から流れ出した液が、卑猥な縦の割れ目に沿って、尻の方まで濡らしていた。

公爵の指は蠢き続ける。クリスティーナのもっとも敏感な蕾に擦り付けたあと、今度は絶妙な振動まで送ってきた。

「やあ……だ、だめぇ……っあ、あん……い、いい……気持ち、いい……」

スチュアート公爵は、さらに蜜口で抽送《ちゅうそう》を速めていく。クリスティーナの呼吸は、もうコントロールができないほどだ。

気が付くと彼女の手は、そのふくよかな胸を弄んでいた彼の頭を抱え込んでいた。いけない腰が、公爵の指の動きに合わせるように卑猥に揺れている。

「い、いや、ん……もう、壊れそう……」

彼は熟れたクリスティーナの蕾を、何度も何度も指で擦り続けた。抜き挿しを繰り返し、海よりも深い快感を与えていく。

男性との行為が、これほど気持ちのいいものだとは知らなかった。クリスティーナは初めての濃厚な快感に驚くばかりだ。

でも……こんなことをして、子供ができたりはしないの……？

愛人という立場なら、彼はいずれ正式な妻を迎えるだろう。だとしたらお腹の中に宿った命は、どうなるのか。

クリスティーナは快楽に溺れながらも、そんな心配に襲われた。

蜜口からは、ぴちゃぴちゃという恥ずかしい音が響いてくる。乳房は明るい部屋で剥き出しにされたままだろう。

私は、なんて……はしたないことを……？

激しく乱れていた呼吸が、さらに苦しくなった。

「ぁあああっ……」

真っ暗だった目の前が、いつしか白く濁る。ぼーっとした熱に、包まれていくようだ。

あ、うぅ……。

クリスティーナの意識は、スチュアート公爵邸の書斎から消えていた。

＊＊＊

目を覚ましたクリスティーナは、スチュアート邸の貴賓室にある天蓋付きのベッドの上に横たわっていた。

そう、だわ……。

バーセル家に戻る前、公爵に最後の挨拶をしようと書斎に出向いたのだが、そこで彼から、淫らなことをされて——。

もしや自分は、あのまま気を失ってしまったのだろうか。日隠しをされていたが、それはもう外れている。

クリスティーナはまだぼんやりする頭で、窓の方に目を向けた。外はもう真っ暗だ。

まさか、夜……？　私はいったい、どのくらい眠っていたの……？

一昨日の別荘にしても、昨夜のこの貴賓室にしても。清潔なリンネルが敷かれた、鵞鳥《がちょう》の羽根の枕と掛け布団のあるふかふかしたベッドで休ませてもらったが、スチュアート公爵家を欺くような形で自分がここにいると思うと、ほとんど眠ることができなかった。

どうやら睡眠不足で、そのまま寝入ってしまったらしい——。

クリスティーナはゆっくりと、身体を起こそうとした。

見るとベッドの傍には、例の大きな仮面を着けたスチュアート公爵アンドリューが、腕を組んで椅子に座り、うとうとと眠っている。

「公爵、様……？」

彼がクリスティーナを、二階にあるこの貴賓室まで運んでくれたのだろうか――。

そう思うとなぜか嬉しくて、胸が熱くなった。それと同時に、書斎での公爵との淫らな時間を思い出してしまう。

彼女は恥ずかしくて、これ以上声がかけられなかった。ただ頬を熱くして、公爵を見つめているだけだ。

「……」

それでも眠りの中で、クリスティーナからの視線を感じ取ったのか。スチュアート公爵は目を覚ました。

「起きたのか？」

彼は言った。

「はい」

「体調はどうだ？　気分は悪くないか？」

「大丈夫です。眠っていただけですから」

「そうか、よかった……」

公爵は安堵したように、大きく息を吐く。

「もしかして、公爵様が私をここまで？」

「そうだ」

「ありがとうございます……」

クリスティーナは照れながら、礼を言った。そして、

「このような恰好で申し訳ありませんが、少しだけお話をさせていただいてもいいでしょうか？」

と切り出した。

「その前に。起きたのなら、消化のいい食事を用意させよう。食べられるだろ？」

「はい、でも……」

公爵は貴賓室にあった呼び鈴を鳴らし、クリスティーナのために食事を作るよう、メイドに命じた。

それが終わるとクリスティーナと話をするため、彼女がいるベッドの傍へとふたたび戻ってくる。

「しかし、びっくりしたよ。まさか、失神するとはね」

「いろいろと、ご迷惑を……」

クリスティーナは恥ずかしくて下を向いた。

「まだ、これからというときだったから」

「まだこれから、ですか……？」

「そうだ。愛人になるつもりでここに来たくせに、本当になにも知らないんだな」

「そのことですが……」

クリスティーナは、自分がバーセル家の本来の血筋を引く娘であること。義母マライアは父であるバーセル伯爵の後妻で、キャロラインは彼女の連れ子であるということ。書斎に行ったのは愛人になりたかったわけではなく、バーセル家が受け取った結婚準備金をいずれは返金したいと伝えたかったこと。また、スチュアート公爵に心からの感謝と礼を述べたかったのを告げた。

彼も今回ばかりは話の腰を折らずに、最後までじっくりと聞いてくれる。

「そう、だったのか……」

「すみません、言葉が足りなくて」

「いや、俺の方が悪かった。きちんと話を最後まで聞かずに、勝手に思い込んでしまって……」

スチュアート公爵は、申し訳なさそうな顔をする。

「私の方こそ、お詫びいたします。初めから義母や義姉との関係を申し上げるべきでした。義母が後妻であること、義姉が父とは血の繋がりのないことを、おそらくアーノルド子爵夫人にはお話ししてないのではないか思い、私もつい……」

「気を使ったというわけか」

「それに義母から、もしも公爵様の奥様にしていただけないときは、愛人になってでもバーセル家を救ってほしいと頼まれていたので」

「ひどい母親だ」

スチュアート公爵は、どこか憐れむような目でクリスティーナに言った。

「君の着ているドレスを見る限りでは、どうやらキャロラインにばかり贅沢をさせているようだな」

「そんなことは」

「ん？」

「義姉は本当に美しいのです。なにを着ても、よく似合って。だから義母も、義姉にはドレスの作り甲斐があるようで……」

「……」

「それに義母は、弟のエドワードを産んでくれた人ですから」

公爵は感慨深そうに長い息を吐いた。

「事情はだいたいわかった」

「おわかりいただけて、安堵いたしました」

するとスチュアート公爵は、思いもしないことを言い出した。

「だとすれば、急いでティガールに戻る必要はないな」

「え……？」

彼の意図が掴めないクリスティーナは戸惑った。

「先に言っておくが、別に俺の愛人にしようというのではない。しばらくここで、のんびりしたらどうかと思って」

「でも」

「もう君に、変なことはしない。お詫びに俺が、ファールスの街を案内してやろう」

「公爵様が直接ですか？」

「そうだ」

クリスティーナは心配になった。こんな大きな仮面まで着けて顔を隠しているのに、公爵は外に出て人と会うのが苦ではないのだろうか。

「どうか、そんなお気遣いは」

クリスティーナは気を利かせたつもりでそう言ったのだが、

「まさか、俺と一緒に出歩くのが嫌、なのか？」

と、彼は詰め寄ってくる。

「そういう意味ではございません」

「だったら、決まりだ」

公爵はどこまでも強引だ。

「ついては、バーセル家に用立てた結婚準備金だが」

「はい」

「クリスティーナ、君がこの屋敷にしばらく滞在するという条件で、なかったことにしよう」

「それではあまりにも、申し訳が立ちません」

「あと、出かける前に……」

スチュアート公爵はクリスティーナの言葉を軽く聞き流し、粗末なハイウエスト・ドレスに目をやった。

「まずは、ドレスを用意する必要があるな。帽子や宝石も」

「ええっ？」

「明日さっそく、婦人服屋と宝石商を屋敷に呼ぶことにしよう。ファールスで流行している最新のドレスを何枚か作るといい」

「着る物はありますから、本当に大丈夫です」

「それから、しっかり食べて。見たところ、顔色もよくないし。もう少し太った方がいい」

「あの、でも……公爵様っ！」

スチュアート公爵は、言いたいことを一方的に吐き出すと、貴賓室から出ていった。

彼はクリスティーナが、愛人志願でここまでやってきたのだと勘違いしたことに、責任でも感じているのだろうか——。

とはいえ、バーセル家が犯した罪の方が遥かに重かった。なのに彼はまた、結婚準備金を返却しなくてもいいという。

しかもクリスティーナをこの屋敷に滞在させ、ファールスの街まで案内してくれるらしい。

書斎でされたことは確かに驚いたけれど、拒もうと思えばいくらでもその機会はあった。彼女もどこかで、公爵を求めていたのだ。深いキスでもっと翻弄されたかったし、身体の隅々まで彼の指に触れてもらいたかった。

甘くて優しい公爵の声にささやかれたかったし、あれより先のさらに恥ずかしいことを教えてもらいたかった。

そしてクリスティーナは、彼がいるファールスにもうしばらく残れるかと思うと——その胸をときめかせていた。

叔母であるアーノルド子爵夫人が、キャロラインの美しさに目を見張り、母親であるバーセル伯爵未亡人を信頼していたことから、アンドリューはバーセル伯爵家について、とくになにかを調査することなくキャロラインとの結婚を決めていた。

しかし改めて彼がスチュアート公爵家お抱えの事務弁護士に、バーセル家について急いで調べさせたところ、バーセル伯爵令嬢、クリスティーナ・バーセルは、父であるバーセル伯爵が亡くなってからというもの、気の毒な境遇にあったようだ。

着ていた流行遅れの粗末なドレスと、中身が詰まっていない旅行カバンからも、それは一目瞭然《いちもくりょうぜん》だった。

やはりバーセル家での扱われ方は、使用人同然であったらしい。

なにより、ガマガエル公爵の元へ身代わりとして出されたのだ。バーセル伯爵未亡人は、クリスティーナを娘だとは思っていないようだ。

折れそうに細い身体から、なにひとつロクなものを食べさせてもらっていなかったことも推測できる。

彼女の手にあったあかぎれは、水仕事をさせられていた証拠だ。クリスティーナは、キッチンメイドとして働かされていたらしい。

それでも彼女はバーセル家を守るため、どこまでも健気だった。ひどい目に遭わせていただろう義母やキャロラインのことも、決して悪くは言わない。

聡明で礼儀正しく、なにより心が美しいのがクリスティーナ・バーセルのようだ。

けれどアンドリューは、そんなクリスティーナを弄んでしまった。侮辱されたと思い、ついかっとなってしまったのだ。

しかも、目隠しまでして——。

なにも知らないクリスティーナは、さぞかし驚いたことだろう。

そのうえ彼女は、アンドリューがガマガエルのように醜い顔をしていると思っている。

いくら愛人になるつもりでやってきたとしても、十八歳の彼女には辛い体験だったに違いない。

アンドリュー・スチュアートは、深い後悔の中にいた。

また、クリスティーナに本当の姿を見られたくなかったからといって、顔に仮面を着けているのもそろそろ限界だった。

スチュアート家の執事とクリスティーナの世話をするメイド頭にだけは、彼が仮面を装着している大まかな理由について伝えていたが、他の使用人はなにも知らない。

アンドリューがクリスティーナの前でだけ仮面を着けているのを、不思議に思った誰かが、いつ彼の本当の姿について話すとも限らなかった。

アンドリューはそうなる前に、この素顔をクリスティーナに見せ、ガマガエルというのは単なる噂だと話してやりたかった。

しかし彼女を失神させてしまった罪悪感からか、アンドリューはなかなかそのタイミングが掴めなかった。

＊＊＊

あれから数日間、滋養《じよう》を取らせ、貴賓室でゆっくりと休ませたのがよかったのか——。

クリスティーナの顔色は、以前と比べて遥かによくなった。頬にはほんのりと赤みまで差し始めている。

アンドリューは彼女のために、外出用と室内用のドレス、髪飾りやブローチ、ネックレスなどのアクセサリー、それに帽子や靴、手袋まで。若い令嬢が好みそうな品々を急いで用意させた。

クリスティーナは、アンドリューが連れていくと約束したファールスの街の見物をとても楽しみにしているようだ。

彼女は物心がついてから、ティガールを出たことがなかったらしい。

ファールスのことは、日曜に行く教会で、誰かが話しているのを聞いたと言っていた。最新のモードを身に付けて歩く紳士や貴婦人、煉瓦造りの古い家やそれとは正反対のモダンな建物、街の風景のすべてに、彼女は興味を示している。

アンドリューはクリスティーナを連れ出したときの、その喜んだ顔を想像すると、少年の頃に戻ったようにわくわくした。

近頃のスチュアート公爵アンドリューは、まず初めにクリスティーナのことを考えてしまうのだ。


アンドリューは冴えわたる青空の日、スチュアート家で一番豪奢な三頭立ての馬車を、クリスティーナのために用意した。

彼女をファールスの街へと案内するのだ。

「夢のようです、ファールスの街並みが見られるなんて」

「それほど楽しみにしてくれていたとはね」

「ありがとうございます、スチュアート公爵様」

クリスティーナは、アンドリューがこの日のために準備した、スカート部分が三段のフリルからなる華やかなピンクのデイドレスを着て、穏やかに微笑んでいる。

未だに顔に仮面を着けているアンドリューも、彼女の幸せそうな笑顔を目の当たりにすると、自身が素顔を偽っていることすら忘れてしまう。

「キャロラインお義姉様が、公爵様と結婚することが決まったとき、もしかしたらファールスに行けるのではないかと思っていたんです。でも本当にこうして、見物できるなんて……」

「もしかしたら、とは？」

するとクリスティーナは、うつむき加減で言った。

「義母と義姉、そして弟のエドワードまでファールスに行ってしまったら、バーセルの家は留守になってしまうでしょ？　だから私が、残ることになったのです」

「そういう、ことか……」

アンドリューは、バーセル伯爵未亡人の魂胆に呆れていた。

伯爵家の血を受け継ぐクリスティーナを、王室に次ぐ爵位を持つ貴族、スチュアート公爵アンドリューの結婚式に参列させるつもりがなかったとは——。

非常識にもほどがある。

いくら未亡人がクリスティーナを娘と認めていないとはいえ、後妻の彼女が、バーセルの血を引く娘をここまで虐げていいわけはない。

アンドリューは義母になるはずだったバーセル伯爵未亡人に、激しい怒りを覚えた。

また、いじめの対象になっていたクリスティーナが、どこまでも不憫《ふびん》で仕方がない。

少し変わった経緯《いきさつ》で実施することになった今日のファールス見物だが、クリスティーナをスチュアート公爵邸に引き止め、アンドリューは本当によかったと思っていた。

彼女を楽しませなくては……。

彼はまず御者に命じ、大きな公園のあるセントラルストリートの近くを三頭立ての馬車で通過した。そのあとはファールスの街の中心部を通り、宮殿のあるウエストハイドをぐるりとひと回りする。

美しく整備された並木道に入り、広大な植物園のあるファールス郊外まで足を伸ばした。途中にある洒落たティーサロンでお茶を飲み、またファールスの中心部へと戻ってくる。見物の途中で、仮面を着けたアンドリューを興味深く眺め、ひそひそと小声で話をする人たちもいたが、彼はまったく気にもしなかった。

それほどクリスティーナといる時間が、充実していたからだ。

この街にはティガールにはない珍しい物や、若い令嬢たちが好みそうな帽子や手袋など、流行の装飾系小物を扱う店がたくさんあった。

アンドリューはクリスティーナがほしがる物なら、なんでも買ってやりたいと考えていた。

不思議だ……。

彼が女性に対し、このように特別な感情を抱いたのは初めて。なにやら清々しく、新鮮な気分だ。

アンドリュー・スチュアートは、スチュアート公爵家に生まれた唯一の男子で、彼に甥や姪はいないが、従妹の子供がスチュアート公爵邸にときおりご機嫌伺いにやってきても、なにかを買ってやりたいなどと思ったことはなかった。

アンドリューは誰よりも、自身の変化に驚いている。クリスティーナにだけは、なんでもしてやりたくなるのだ。

彼が当主を務めるスチュアート公爵家は、彼女の実家であるバーセル伯爵家から、ひどい目に遭わされた。

結婚を約束し、結婚準備金を渡したにもかかわらず、妻となるキャロラインはその姿も見せず、挙句の果てには金を騙し取るために、虐げていた前妻の娘を愛人として送り込んできた。

スチュアート公爵邸に滞在しているクリスティーナは、キャロラインの代わり――いわばバーセル家の人質だ。

しかし彼は、彼女が可愛くて仕方がない。クリスティーナのこぼれるような笑顔を見ているだけで、心が温かくなり、とても満足した気分になる。

アンドリューはいつしか、クリスティーナの健康と幸福を祈っていた。

たとえ自分が持つすべての財産を費やしたとしても、彼女が悲しむことを排除し、その望みを叶えてやりたいと思うのだ。

「なにかほしいものはないか？」

ファールス郊外から中心部に戻る道、アンドリューは馬車に揺られながら、隣りに座るクリスティーナに聞いた。

「ここでしか手に入らない物も、いろいろとあるはずだ」

「とくには……」

「それでは見物に来た意味がない。遠慮せずに、なんでも言いなさい。街中の物をすべて買い占めても、スチュアート家はびくともしないよ」

アンドリューは、わざと大袈裟な表現を使った。すると、

「でしたら……街の中にあった、青い屋根の雑貨屋さんに連れていっていただいてもいいですか？」

クリスティーナは遠慮がちに言う。

「雑貨屋？」

「はい」

「しかし雑貨屋で、なにを買うんだ？」

「ファールスには香りのいい石鹸や、ふんわりとしたタオルが売っていると聞きました。

私の元侍女で、今はハウスメイドをしているアリーと、弟のエドワードにお土産《みやげ》を渡したいんです」

「だったら雑貨屋ではなくて、アリーには婦人服屋か帽子屋、エドワードには本屋がいいんじゃないか？　ついでにクリスティーナ、君もなにかを選ぶといい」

アンドリューはそう言ったが、

「いいえ、雑貨屋さんでお願いします」

クリスティーナは頼んだ。

もしや彼女は、高価な物を選んではいけないとでも思っているのか……？

アンドリューは果たして雑貨屋で、若い女性や男の子への土産物が見つかるのだろうかと思案しながらも、クリスティーナが望む、青い屋根の雑貨屋に馬車を向かわせた。


雑貨屋へと向かう途中には、今年開業したばかりの食品雑貨の店があった。甘いお菓子や高級食料品、美味しいお茶が揃っているらしい。

ファールスに住む娘たちは、この店に通い詰めているようだ。

アンドリューはクリスティーナにもその話をし、雑貨屋に行くついでにここにも寄って、甘い砂糖菓子でも求めたらどうかと勧めてみたが、彼女は雑貨屋で買う土産だけでいいと言って聞かない。

馬車が雑貨屋の前に到着すると、クリスティーナは嬉しそうに店内へと入っていった。

彼女は興味津々な目で、店内の棚やショーケースを見て回る。

やがて、石鹸をひとつ手に取り、

「まあ、いい香り……」

そう言って満足そうに微笑み、

「この石鹸をエドワードとアリーにひとつずつ、お土産として求めてもよろしいでしょうか？」

と、いつものように礼儀正しく、アンドリューに尋ねた。

「もちろんだ。ひとつと言わず、いくつでも買いなさい。そんなにこの石鹸が気に入ったのなら、クリスティーナ、おまえの分もだ。他にもここでほしい物があれば、なんでも包んでもらえばいい」

するとクリスティーナは、

「ありがとうございます、公爵様。私の分は大丈夫です。二人のために石鹸を二つ、お願いします」

はにかむように微笑んだ。

「……」

アンドリューは驚いた。若い娘に好きな物をなんでも買ってやると言えば、手当たり次第にねだってくるのが常だ。

けれどクリスティーナは、決してそんな下品な真似はしなかった。誰の財布であろうと、無駄遣いをするつもりはないらしい。

アンドリューはここ数日、クリスティーナと過ごしてみて、彼女の振る舞いには貴族の娘にふさわしい誇りと品格が備わっているように思えた。相手の身分には関係なく、他者への優しさや気配りさえも感じられる。

使用人に対する接し方も決して高圧的ではなく、穏やかな口調だった。

彼はときには舞踏会やパーティー、ティーサロンや劇場などで、令嬢たちを見てきたが、クリスティーナみたいなタイプの女性に出会ったことがない。

彼女には、生まれ持った人格と大勢の人から慕われる魅力が備わっている。もちろん、公爵家の女主人にふさわしい堅実さと賢さもだ。

アンドリューはクリスティーナのような娘が、自分の妻にぴったりではないかと思い始めた。まさしく求めていた女性である気がする。

そして不思議と彼女が微笑むと、それだけで幸せな気分になった。こんな気持ちを味わったのは、生まれて初めてだ。

アンドリューはこのままクリスティーナと、スチュアート公爵邸で暮らしていければと考えていた。

彼女にはバーセル家の悪巧みを白状させようと、ひどいことまでしてしまったが、こうして楽しそうにファールス見物をしてくれているのを見ると、アンドリューに対して、そこまで悪い印象は抱いていないようだ。

もしもプロポーズをしたら、彼女は受けてくれるだろうか……。

女性に対して、これほど自信がないのも初めてだ。

もしクリスティーナが突然、バーセル家に戻りたいと言ったら、どうすればいいのだろうか。

すぐにでもこの仮面を取り、自分の今の気持ちを打ち明けた方がいいのではないだろうか――。

彼は自分自身の心と向き合いながら、あれこれと思い悩んだ。

ファールスの街を満喫できたのか、クリスティーナは帰りの馬車で、少しおしゃべりになっていた。

「ありがとうございます。きっとアリーとエドワードは、喜ぶに違いありません」

「この国の公爵に、石鹸をねだったぐらいで、これほど喜ぶ伯爵令嬢など見たことがないよ」

するとクリスティーナはまた、いつものようにはにかんだ笑みを浮かべる。

「折りを見て、ときどき出かけることにしよう。他にも案内したい場所が……」

しかし彼女はその表情を曇らせた。

「今日一日、私のような者にお付き合いくださっただけで十分です。仮面をお着けになったままでは、不自由ではありませんか？」

確かに普段は着けていない仮面を、クリスティーナといるときだけ装着しているのだ。不便であるのは当然だ。

「それにそろそろ、バーセル家へ戻る支度をしなくてはなりません。こちらに到着してから義母へはなんの連絡もしていないので、公爵様が私を受け入れてくださったものと、勘違いしているかもしれません。急いで帰らなくては……」

「そのことだが、クリスティーナ……」

彼女がバーセル家へ戻ろうとしているのを知り、アンドリューの気持ちは焦った。

今後も彼女に自分の傍にいてほしいと思い始めたことを、打ち明けるときがやってきたのかもしれない。

彼はクリスティーナの思いを探りながら、慎重に言葉を選んだ。

「俺たちの出会い方は、このように歪《ゆが》んだ形になってしまったが……俺はこのままスチュアート公爵邸で、君と一緒に暮らしていきたいと思っている」

「え……」

「どうだろうか」

けれどクリスティーナは喜ぶどころか、困惑した表情になった。

「クリスティーナ、君も少しはこの俺に、好意を持ってくれてはいるんだろ？」

「で、でも……」

アンドリューは、悪い予感に見舞われた。クリスティーナが発するその先の言葉を聞きたくない。

彼女の口からNOという答えが、こぼれてきそうだったからだ。

彼はすぐに、クリスティーナの唇を塞いでいた。

あの日書斎で、彼女の身体を奪おうとして失神させてしまってから、アンドリューはクリスティーナにまったく触れてはいない。

あれほど不埒なことをしたにもかかわらず、彼女を女性として意識し始めてからは、手を握ることもできなくなっていた。

アンドリューは壊れ物を扱うように、クリスティーナの柔らかな唇を優しく食んだ。

自分の唇をゆっくりと押し付けて、その可愛い口を開いていく。

躊躇《ため》いながらも彼が、クリスティーナの口腔に舌を挿し入れると、彼女は抵抗する様子もなくアンドリューを受け入れた。

「ん、うぅ……」

クリスティーナのダークブラウンの髪に指を掻き入れる。彼女の口の奥へ奥へと、自らの舌をそっと忍ばせた。

舌先で粘膜をくすぐり、唾液を絡ませていく。

クリスティーナは、まるで彼のキスに感じているかのように、甘い吐息を落とし始めた。

「あ、んっ……」

悩ましげな音を洩らす彼女に、アンドリューの心の炎は一気に燃え上がった。しかも今回はクリスティーナから絡ませようと、舌を寄せてきたのだ。

「は……ん、く……っ」

アンドリューはすぐに彼女の舌を搦め捕った。どこまでも激しく弄び、犯していく。彼は今のこの熱い思いを、クリスティーナに伝えたかった。

「んぅ……あっ……」

アンドリューは、確かに彼女が自分と同じ思いであることを確信した。彼の舌は喜びで、愛おしいクリスティーナの口の中を躍り回る。

スチュアート公爵邸への揺れる馬車の中で、二人は濃厚な口づけに酔っていた。

くちゅくちゅと唾液を絡ませる音が、狭い空間に卑猥に響いていく。

間もなく屋敷に到着するのでなければ、今すぐここでクリスティーナを奪いたかった。

彼女に覆い被さるように、ディープなキスを交わしていたアンドリューだったが、スチユアート邸の錬鉄の門が、馬車の窓からちらりと見えた。そこには門番が立っているはずだ。

二人のキスを使用人に見られるわけにはいかない。彼は仕方なく、クリスティーナを解放した。

そしてアンドリューは、クリスティーナを熱い眼差しで見つめ、思いを込めてささやいた。

「君が好きだ、クリスティーナ。どうかここに残ってくれ」

「……」

しかし彼女は返事をすることがなかった。

「なぜだ？　なぜYESと、言ってくれない？」

「……少しだけ、考えさせてください」

予想もしなかったクリスティーナの答えに、アンドリューはただ愕然とするしかなかった。

＊＊＊

その後もクリスティーナから、なにかの意思表示がされることはなかった。

それどころか、メイド頭の話によると、彼女は持ってきた小さな旅行カバンに自分の物を詰め始めているという。

どうやらクリスティーナは、公爵であるアンドリュー・スチュアートからの申し出を断り、生まれ育ったバーセル伯爵家へ帰るつもりらしい。

やはりガマガエルの顔では、敬遠されるというのか——。

成り行きでアンドリューは、クリスティーナにガマガエルのような顔をしていると嘘をつき続けていたが、とうとう仮面を取り、この素顔を見せるときが来たようだ。

素顔について今まで黙っていたことも、謝らなくてはならない。そしてもう一度、彼女の気持ちを確かめたかった。

これ以上躊躇っていては、本当にクリスティーナを手放すことになってしまう。

意を決したアンドリューは、彼女を書斎に呼んだ。


彼はまず、部屋に入ってきたクリスティーナを仮面を着けたままで迎えた。突然素顔を見せて、驚かせないためだ。

「お呼びだと、伺いました」

クリスティーナはどこか緊張した顔をして言った。

「君がバーセル家へ戻ろうとしていると、メイド頭から聞いたよ」

「はい」

「俺の傍には、いてくれないというわけか……」

「すみま、せん……」

クリスティーナは戸惑うようにそう返事をする。

思った通り、彼女を引き止めるには、この仮面を外すしか方法はないようだ——。

「実は君に……黙っていたことがあるんだ」

「なんでしょうか」

「嘘をついていたといってもいい」

「あの」

「まずはそのことを謝りたい」

「公爵様、いったい……」

アンドリューは静かに、仮面を外した。

「あ……」

クリスティーナは驚きで目を見張った。初めて見た彼の素顔を凝視したまま、しばらく呆然と佇んでいる。

そして、

「ガマガエルに似たお顔では、なかったのですね……」

と、確認するように聞いた。

「ああ、そうだ。ガマガエルというのは、世間が作り出した噂に過ぎない」

「だったら、なぜ……？」

「本当にすまなかった、クリスティーナ。今まで黙っていて」

「い、いいえ……」

アンドリューは彼女に心からの謝罪をした。

「考えてみたら、ガマガエルのような顔をした男の傍にいたがる娘など、いるはずはないな。俺はどこか、傲慢だった」

「公爵様……」

「それでも君が、一緒に暮らしてくれると信じたかったのかもしれない……」

「……」

「クリスティーナ、もう一度君にお願いする。どうか、スチュアート公爵邸に、俺の傍に残ってくれ」

「私は……」

アンドリューはハンサムな面立ちの素顔を見せて、ふたたびクリスティーナに哀願した。

しかし彼女は喜ぶどころか、その表情をますます曇らせる。

「怒っているのか、クリスティーナ」

心配になった彼は聞いた。

「そんなことはありません」

「では、どうして？」

だけど彼女はなにも答えない。

「もしそうであったとしても、仕方のないことだ。君が本当のことを話してくれたのに、俺は君を騙していたのだから。だが、なんとか機嫌を直してくれ、クリスティーナ」

「本当に、そういうことでは……」

クリスティーナは大きく息を吐いた。

「ガマガエル公爵という噂が、もしティガール地方まで届いていなかったら、義姉は公爵様との結婚をやめるとは言い出さなかったでしょう。そう思うと、少し複雑で……」

「君の気持ちはわかる」

アンドリューはそう言ったのち、ふたたびクリスティーナを説得する。

「だとしても、クリスティーナ。俺たちは出会うべくして出会ったとは思わないか？　キャロラインには関係なく」

「でも……」

「返事を聞かせてくれ、俺には君が必要なんだ」

するとクリスティーナは、沈痛な面持ちで言った。

「ごめんなさい、私……やはりバーセル家に、戻らせていただきます……」

非情にも彼女はそう言うと、アンドリューを残し、書斎を出ていった。

＊＊＊

まさかクリスティーナが、ここを去る決心をするなんて――。

スチュアート公爵アンドリューは初めての真剣な恋に落ち、その苦しみから抜け出せずにいた。

彼は意を決して素顔まで見せ、クリスティーナを引き止めたが、彼女の気持ちを変えることはできなかった。

これまで大勢の女性たちと遊んできたが、こんなに切なくて情けない感情を覚えたことはなかった。

クリスティーナに心を奪われていたアンドリューは、就寝前に嗜む酒の量をいつしか増やしていた。

彼女の思いに迷いがあるのなら、男らしく諦めようではないか……。

無理やり彼は、自分にそう言い聞かせる。

入浴を終えたアンドリューは、素肌にガウンだけを羽織った恰好で、モザイク模様の大理石のテーブルにオイルランプを灯し、その日三杯目となるウイスキーをグラスになみなみと注いでいた。

するとと突然、寝室のドアがノックされる。

「クリスティーナです」

クリスティーナ……!?

「入ってもよろしいでしょうか？」

「え、ああ……」

こんな深夜に男の部屋へ、どうしたというのだろうか――。

クリスティーナの予期せぬ寝室への訪問に、アンドリューはの心はざわめき立つ。

「失礼します」

部屋に入ってきたクリスティーナも、すでに就寝の準備をしていたのか。髪をすべて下ろし、寝間着の上にガウンを羽織っていた。

「どうしたというのだ？」

「お話がありまして」

「話？」

まさか、ここに残ってくれる……？

アンドリューは心臓の高鳴りを覚えながらも、腰かけていた肘掛け椅子からゆっくりと

立ち上がった。それでも、

「ずいぶん夜更けにする話なんだね」

彼が少々厳しく言うと、

「無作法であることは承知のうえです。でも明日、バーセル家に戻ろうかと考えているもので……」

と、クリスティーナはついに残酷な宣告をした。

「明日!?」

「はい」

「そ、そうか……」

アンドリューは愕然とした。クリスティーナからの返事に、最後までわずかな望みを抱いていたからだ。

しかし彼は動揺を見せないよう、公爵の品格を保ちながら、冷静に話を聞こうとする。

「やはり……ここに残るつもりはないというんだね」

「ごめんなさい。私には、どうしても……」

「わかった」

アンドリューの心には、言いようのない虚しさがあふれた。クリスティーナが目の前にいなければ、叫びたいくらいだ。

「話はそれだけか？　だったら」

「いえ、どうしても公爵様に、お願いしたいことがございまして」

「お願い？」

「はい」

急に酔いが回り始めたのを感じたアンドリューは、静かにクリスティーナの傍に歩み寄った。そして、

「聞こうじゃないか……」

と、どこか冷めた目で彼女を見つめる。

オイルランプの光に滲《にじ》むクリスティーナの表情は、いつになく神妙そうだ。

この屋敷から出ていくというのに、いったいどんな頼み事があるというのだ……？

彼女は大きく息を吐いたあと、話し始めた。

「明日、こちらを発てば……もう二度と公爵様にお会いすることはありません」

「そうだ、今夜が最後というわけだ」

「だから、私は……公爵様に抱いていただきたくて、こちらにまいりました」

「え……？」

クリスティーナは驚くようなことを口にする。

「抱くだと？　君はその意味が、わかっているのか？」

「もちろんです」

「だったらなぜ、ここに残ろうとしない？　そこまでの覚悟があるというのなら」

「それは……」

「俺が嫌いなのか？」

「決して、そういうわけでは」

「だとしたら……結婚準備金の代償に、身体を差し出すんだな」

「ち、違います……」

アンドリューは混乱していた。クリスティーナは理由もなく、男に身体を許すたぐいの女ではない。

彼女がなにを考えているのか、まったく掴めなかった。

いったい……。

彼は戸惑うその気持ちをクリスティーナに吐き出した。

「なぜだ？　どうしてこんなことを？」

「私のためです」

「君のため？」

「はい」

クリスティーナは少し潤ませたエメラルドの瞳で、アンドリューをどこまでも見つめてくる。

「いいだろう」

彼は言った。

「それで君の気持ちが、軽くなるというのなら……」

アンドリューはクリスティーナの後頭部をいきなり引き寄せていた。彼女の唇に自身の唇を重ねていく。

彼は肉厚の舌を彼女の口に挿し入れて、生娘の甘い口腔を乱した。

彼の手は瞬く間に、クリスティーナが羽織っていたガウンの紐にかかった。それを解くと、彼女の肩からガウンをすとんと床に落とす。

クリスティーナはその下に、薄い寝間着だけを纏っていた。下着さえ着けていない彼女の豊満な女体が、アンドリューの腕の中に収まっている。

彼女は本気で、処女を捧げるつもりのようだ。

いったいなにを考えているのだろうかと思いながらも、その麗しき身体に手を伸ばさずにはいられない。

アンドリューは深い口づけを続けながら、クリスティーナの二つの膨らみを大きな手のひらで包んだ。

やわやわと若い乳房を揉み上げていく。

「んぅ……あ、うっ……」

彼女の呼吸は、すぐに速くなった。

指を動かすたび、膨らみに寝間着が擦れ、かさかさというエロチックな音をかもしだしていく。

クリスティーナの敏感な胸の先は、すぐに硬さと大きさを増した。下から寝間着を押し上げるように、ツンと卑猥に尖り出す。

「あぅ……や、んう……っ」

親指と人差し指を使い、その頂をきゅっと悪戯に抓むと、彼女の中に気持ちのいい痺れが走ったのか。クリスティーナは身体をびくりと震わせた。

洩らす吐息が妙に淫らで、そそられてしまう。

アンドリューは堪らず、クリスティーナを彼の広いベッドに押し倒した。自らの着ていたガウンを脱ぎ、厚い胸板を彼女の上半身に重ねる。

クリスティーナが身に付けていた寝間着のボタンを、上からゆっくりと外していった。

すべての作業を終えて彼女の前を開くと、寝間着の間からは、生まれたままのクリスティーナの透き通った肌色が浮かび上がる。

「やっ……」

アンドリューは、しばらくその豊満で初々しい女体を眺めていた。次いで丸く形のいい膨らみをぐにぐにと揉みしだいていく。

「や、ん……っあ……」

乳房の上に薄赤く実るチェリーをぱくりと口に含むと、クリスティーナは身体を悩ましく反らし始めた。

舌先を使い、卑猥に勃ち上がった頂をチロチロと執拗《しつよう》に弾く。彼女の呼吸は、あっという間に激しく途切れ出した。

「あ、んぅ……公爵、様……」

クリスティーナはアンドリューの指遣いが気持ちいいのか、もぞもぞと下肢を揺らす。いつしか彼の艶やかなブロンドに、指を掻き入れていた。

「つう……ん、や……ぁ」

アンドリューは生々しい舌で、クリスティーナの敏感な頂を押し潰した。その先をちゅーと強く吸い上げていじめていく。

彼の大きな手は、そこには収まり切らないほどのたわわな膨らみを、下から掬い上げては鷲掴み、形が変わるまで揉み込んだ。

クリスティーナは、気持ちよさそうに喘いでいた。彼女の呼吸は、ますます乱れていく。

アンドリューの欲望は、いつしか硬さと大きさを増していた。初めてのクリスティーナの中に入りたくて、すでに悲鳴をあげている。

それでも彼は、生娘の彼女をすぐに自分のモノにすることはなかった。

まずはクリスティーナの脚の間に腰を割り入れ、大切な部分を開かせる。秘処を指で丁寧に慰めながら、胸にあった唇と舌をおもむろに下へ下へと滑らせた。

股間を攻め立てる指からは、ぴちゃぴちゃという淫らな愛液の音が聞こえてくる。

クリスティーナの下肢は、もうびしょ濡れだ。初めての彼女はここまでの過程で、たっぷりと感じているらしい。

アンドリューの唇と舌は彼女のお臍《へそ》を通過し、ダークブラウンの薄い茂みに到達していた。

軽いキスを何度かそこに落とし、艶めかしい唇を、ぐいっとその淫らな谷間に落とし込む。

「やんっ！」

彼の不埒な唇と舌は、クリスティーナの敏感な蜜口を捕らえていた。

「どう、した？」

「だって、そんなところ……だめ、です……キス、しちゃ……」

しかしアンドリューは彼女の言い分を無視するように、わざとちゅっちゅっというやらしい音を立てる。

「あんっ……だ、だめぇ」

彼は彼女の卑猥な花弁を可愛がり続けた。生温かな唇で吸い付き、ソフトにソコを食んでいく。

「君は初めてだから。もっと濡らしておかないと、痛い思いをすることになる」

「そう、なんですか……？」

「だからクリスティーナ、君はただそのまま、感じていればいい……」

アンドリューは言うと、クリスティーナの細い脚の膝裏に手を入れた。

「もう少し脚を開いて、膝を立ててくれ」

「こう、ですか？」

「ああ」

「これではVの字ではなくて、Mの字ですね」

「え……？」

アンドリューはクリスティーナがおもしろいことを言うものだと、小さく噴き出した。

「私、なんか……変なことを……？」

「いや、その通りだ。Mにしてくれると、ありがたい」

「恥ずかしい、です……とても……」

初めてのクリスティーナは、どこまでもアンドリューの言葉に忠実だ。

「なかなか、いい感じだよ」

「……はい」

生真面目《きまじめ》な彼女は、彼の思惑のままに脚を開いた。目の前には彼女の神秘の入り口が迫っている。

「ではこれから、君の蕾をいただくことにしよう。気持ちがいいはずだ。感想を伝えてくれるとありがたい」

「か、感想……ですか？」

処女を抱くのは初めてだった。アンドリューとしても、クリスティーナがどう感じているのかが気になった。

そしてできれば快感の海に溺れさせて、彼女の身体がアンドリューから離れられなくなるくらいに、気持ちよくしてやりたい。

彼はハンサムな顔を、ふたたびクリスティーナの股間にずぼりと埋め込んだ。

「やんっ……！」

「ん？」

「だから……こ、困ります……そんな、破廉恥なことは……」

彼女の恥じらいを消すためにも、早く陶酔させなくては……。

アンドリューはクリスティーナの小さな尻を両手で掴み、五本の指で卑猥に揉んだ。そのまま彼女の秘処に、生々しく口づける。

「んんぅ……や、あん……っう」

クリスティーナの、まだ誰も入ったことのない神聖なる蜜口からは、淫らな愛液があふれ出ている。

彼はそれをざらついた舌で、ずるりと下から上に舐め上げた。

「ひゃん！」

「もう、感じたのか？」

「あ、はい……今のは、すごく……」

アンドリューはクリスティーナの愛らしい尻を、なおもぐにぐにと揉んだ。二本の親指を巧みに使い、敏感な花弁を丁寧に広げていく。

「見えたよ、君の秘密の場所が」

「や……そ、そんな……見ないで、ください……」

アンドリューは尖らせた舌先で、クリスティーナの赤く熟れ始めた卑猥な蕾をツンツンと刺激した。

すると蜜口からは、ますますいやらしい液が湧き出てくる。

「ずいぶん濡らしてくれるね」

「だ、だめ……です……あ、あっ、んんっ」

彼は淫らな入り口に唇を当て、ちゅーと流れ出る卑猥な蜜を吸い上げた。

「ぁあ、あっ……くぅ……っ」

初めてのクリスティーナは、アンドリューのいやらしい舌に反応するように、ふわふわと腰を泳がせる。

彼はそんな落ち着きのない腰を、両手でがっちりと捕まえて持ち上げる。生娘の蜜口に、尖らせた舌を突き立てた。

「あぅ、や……き、気持ち……い、い……変に、なりそう……公爵、様……だ、めぇ……だめ、ですぅ……あぅ……ん、んぅ」

クリスティーナはついに、官能の海に迷い込んだようだ。呼吸をどこまでも激しく乱し、喘ぎ始める。

股間からは恥ずかしい液が、ドクドクと脈打つように滴った。

アンドリューはクリスティーナの腰を引き上げるようにし、ずるりとその蜜を吸い上げていく。

彼はまた、彼女の中へと舌を挿し入れて、奥の奥まで掻き回した。

「あ、やっ……も、もう……無、理……やん、あ……っ」

アンドリューは、クリスティーナの敏感な蕾にざらついた舌を擦りつけ、彼女を気持ちよくなるよう犯していく。

するとクリスティーナは、天国への階段を昇り始めたのか――。

薄赤く尖った乳首を天井へと向け、背を弓のように反らせた。

「あ、んんぅ……あ、あ、あっ、ふぁあああ……」

クリスティーナの敏感な花弁が、ひくひくと蠢いた。彼女は舌だけでもう、頂点を味わってしまったようだ。

「もしかして、イッた？」

「私は、ただ……気持ち、よくて……」

「ひどく感じたんだね」

「は、はい……腰の奥が、崩れるかと思うほどに……」

「……」

舌で彼女を悦ばせてきたアンドリューも、さすがにもう限界だった。

無防備なクリスティーナの姿を目の前にした彼の欲望は、すでにカチカチで、大さく嵩を増している。

彼の唇は、柔らかな彼女の上半身を上り始めた。クリスティーナと身体を重ね、我慢できない男の本能を、初めての中へと一気に沈めようとする。

アンドリューの硬くなった先は、クリスティーナの蜜口の周りを彷徨《さまよ》った。

すると、彼女はささやいた。

「こ、公爵様……愛して、います……」

え……？

アンドリューは自分の耳を疑った。

その言葉が本当ならば、どうしてクリスティーナは、このスチュアート公爵邸を去ろうとしているのか——。

アンドリューは不埒な蜜に塗れた彼女の入り口に、大きく膨らんだ先をあてがいながらも、真意を確かめずにはいられなかった。

「本当に、愛しているのか？　この俺を……？」

「は、はい……だから、早く……奪って、ください」

クリスティーナは、興奮で息を途切れさせながらも、はっきりとそう言った。

「だったらどうして、屋敷を出ていく？」

「そ、それは……やはり、愛人には……なりたく、ないからです……」

「え……？」

「初めてこちらに、来たときには……バーセル家が、救えるのなら……愛人に、なろうと考えました。で、でも……」

「でも？」

「もしも公爵様が……正式な奥様を、おもらいになったら……私はきっと、深い嫉妬で……この身を、焦がしてしまうでしょう。そんな自分が……いつか、嫌になりそうで……

怖いんです。だから……」

「ああ、クリスティーナ……」

アンドリューはこれから奪おうとしていたクリスティーナの唇に、どこまでも甘いキスを落とした。

「つまり俺のことを、とても思ってくれているんだね」

「でなければ、バーセル家へと戻る決心はできません……」

アンドリューは、彼女を抱きしめた。クリスティーナが、愛おしくて堪らない。

「俺が、君を苦しめていたんだろうか」

「どういう、ことですか……？」

「クリスティーナ、俺は君を初めから、愛人にするつもりなどなかった」

「えっ？」

「君の気持ちが確かめられたら、すぐにでもプロポーズをするはずだった」

「あの……」

アンドリューは、クリスティーナのエメラルドの瞳を見つめた。

「俺と結婚してくれ、クリスティーナ。君を一生、大切にする」

「こんな私で、いいのですか？」

「もちろんだ。君しかいない」

するとクリスティーナは、恥ずかしそうに微笑んだ。

「夢のようです。これからもずっと、あなたのお傍にいられるなんて」

「クリスティーナ……」

「愛しています、公爵様……」

彼はふたたび、キスの雨をクリスティーナに降らせた。

そして。

「これで心置きなく、君を奪うことができそうだ。実はもう、我慢の限界に来ているんだ……」

「……？」

クリスティーナは、小さく首を傾げた。

「意味が、わからない？」

「……ごめんなさい」

「では、仕方がない」

アンドリューはクリスティーナの細い指を自身の下半身に誘導した。

「……っ！」

「君の中に入りたくて、こんなに硬くなっている……」

クリスティーナはようやく男女の行為の結末を理解したのか、その顔をかあっと赤く染めた。

「君を抱くということは、俺のモノを中に挿れて、繋がるということだ」

「でも、こんなに大きなのが……入るはずは……」

彼女は心配そうに言った。

「そう思う？」

「だって」

「大丈夫、全部俺に任せて」

アンドリューはもう一度、クリスティーナにキスを落とした。

覚悟を決めたように目を閉じる彼女の蜜口に、彼はその大きくなった欲望の先を当て、つんつんと刺激する。

「こ……公爵、様……」

クリスティーナは早くくださいとばかりに、悩ましげな表情を見せた。しかし初めての彼女にとっては、ここからが正念場かもしれない。

「挿れるよ」

「お願いします」

「最初は少し、痛いかもしれないが……」

アンドリューは、クリスティーナに告げた。それでも、

「平気です、あなたを愛していますから」

彼女はささやく。

「では」

アンドリューは初めてのクリスティーナに、硬くて長い彼自身を、ぐいっと埋め込んだ。

第五章　初めて抱かれる夜

「ん、んんんっ……あっ……い、た……っ」

男性に抱かれるという行為が、これほどまでに激痛を伴うものだったとは——。

ついにスチュアート公爵に、初めての身体を許したクリスティーナは、まずはそう思った。

「あ、ん……んぅ……」

今にも脚の付け根辺りの皮膚が、破れてしまいそうだ。

アリーとともに、夫婦の夜の営みについて練習していたときは、これが楽しくて気持ちのいいものだとばかり考えていた。が、実際にはかなり違っている。

それでも彼女は公爵に心配をかけまいと、必死で歯を食いしばった。

彼もそんなクリスティーナに配慮してか、ゆっくりと大きなモノを奥に進めてくれているようだ。

「辛くはない？」

「す、少し……」

「確かに、俺にとってもこれほど中がきついんだ。君が痛いのも、わかる気が……」

スチュアート公爵は、ハンサムな顔でそう言った。

ガマガエルのように醜い顔をしていると思っていた彼は、実はうっとりするほどの美男子だった。

もしもこれほどハンサムな公爵だとわかっていたら、義姉は絶対、結婚を断ることはなかっただろう。

ガマガエル公爵の噂がティガール地方まで届いていなければ、クリスティーナがこうしてアンドリュー・スチュアートと結ばれることもなかった。

運命とは、なんと皮肉なものかしら……。

彼とひとつに繋がったクリスティーナは、下肢の痛みに耐えながらも、スチュアート公爵とのこれまでを振り返っていた。

「あ、あの……公爵様……公爵様は、大丈夫……なのですか？」

クリスティーナは自身の痛みもさることながら、公爵にも同じような苦痛があるのではないかと気になった。

しかし、
彼がクリスティーナの中について、きついと言っていたからだ。

「俺？」

公爵はあっけらかんと言った。

「は、はい」

クリスティーナは心配そうな顔をする。

「君には申し訳ないが……俺はすごく、気持ちがいいよ」

「本当、に⁉」

「ああ」

スチュアート公爵は、どこかよさそうな声まで出す。

「そう、でしたか……だったら、よかった、です……」

クリスティーナの下半身に入っているカチカチの欲望は、とても窮屈そうだ。中からは痛みだけではなくて、ものすごい圧迫感まで伝わってくる。

なのに、どうして……？

クリスティーナは不思議だった。これほど締め付けてしまっているのに、どうして気持ちがいいのだろうか。

その理由を尋ねたかったが、とても恥ずかしくて聞くことができない。

そうこうするうち、公爵が少しずつ奥へと進んでいたのか、

「半分くらいは入ったよ」

と、彼女に報告した。

「まだ、半分……なのですね」

クリスティーナは心のうちで愕然とした。これほど痛いのに、あと半分も我慢しなくてはならないのだ。

「ゆっくり挿れるから、大丈夫」

「ありがとう、ございます……あ、あの」

「なんだ？」

クリスティーナはある疑問を感じていた。世の中にいるだろう大勢の夫婦は、こんなにも辛いことを毎晩しているのだろうかと。

だとしたら、いくらハンサムなスチュアート公爵が妻に迎えてくれるといっても、毎夜このようなことに応じる自信が持てない。

「公爵様の、奥様にしていただいたら……このようなことを……毎晩しなくては、ならないのですか……？」

クリスティーナは思わず聞いた。

「そんなに痛いの？」

「ええ、というか……」

「最初だけだと聞いたけど」

「そうなんですか？」

「回を重ねるたび、女性の方もだんだん気持ちよくなるらしい。とある男爵なんて、毎晩妻にせがまれ、困っているとも洩らしていた」

「本当に!?」

「本当だ。できれば俺も、そうなりたいものだけど」

公爵は笑みを浮かべる。

「……」

しかしクリスティーナの方は、途方に暮れた。

毎晩このように痛いことをするだけでなく、彼に喜んでもらうには、こちらからせがまなくてはならないようだ。

はあ……。

そんな悩めるクリスティーナの唇に、公爵はふたたび唇を重ねた。彼女の口腔に肉厚の舌を忍ばせ、唾液を絡ませながら深く口づけてくる。

「んんっ……あ、う……っ」

彼の指が、胸の膨らみの中央で尖っていた敏感な頂をきゅっと抓んだ。

公爵はクリスティーナの乳房の先を弾いたり、薄赤い頂をぐりぐりと豊満な膨らみの中へと沈めようともする。

「あ、んっ……こ、公爵、様……」

彼は彼女のたわわな二つのバストを鷲掴んだ。ぐにぐにと形が変わるまで揉みしだいていく。

　すると、痛みしか感じなかったクリスティーナの下腹部に、もやもやとした淫靡な疼きが戻ってきた。

「あ……んぅ、や……」

　彼女が感じ始めたのがわかったのか、公爵は大きくて長い塊をさらにぐいっと奥に押し込んでいく。

「あぅ……だ、め……」

　彼はなおも、舌を絡ませた生々しいキスで彼女を翻弄した。

　巧みな口づけと胸へのいやらしい愛撫が、公爵の欲望を咥え込んだ敏感な蜜口と連動するのか。クリスティーナの下半身からは、艶めかしい疼きが湧き上がってくる。

　すると大切な部分の痛みが、不思議と薄らいでいた。それどころか、悩ましい気分にまでなってしまう。

「ん、あ……や……ぅふ」

「入ったよ、奥まで。なんて、気持ちがいいんだ……」

　スチュアート公爵はそう言うと、小さな吐息を洩らした。

　彼の大きな分身は、とても全部入るとは思えなかった。が、やってみるとすっぽりとクリスティーナの中に収まっている。

「どう？　まだ痛い？」

「少しは、楽に……」

「だったら少し、動かしてみよう」

「動かす……!?」

スチュアート公爵は、なんとも恐ろしいことを言った。

「これ以上、なにをするというのですか!?」

「あとちょっとだから、我慢して」

言うと公爵は、前後に腰を揺らし始めた。

「な、なにを……や、あんっ……だ、だめぇ……無理です、そんなこと……や、やだ……やぁぁっ！」

クリスティーナは彼の動きを阻止しようとして、公爵の腰に細い腕を回した。必死でしがみついたものの、スチュアート公爵はごく当たり前のように塊の抜き挿しを繰り返すだけだ。

「これが、男と女が愛し合う方法だよ、クリスティーナ」

「……」

どこまでも戸惑うクリスティーナに、公爵はゆっくりとその動きの幅を広げた。股間に挿し込まれた彼の大きなモノで、ぐいぐいと下から突き上げてくる。

彼女もいつしか、その卑猥なリズムに合わせるように一緒に身体を揺らしていた。

「あぅ……や……だ、だめぇ……」

公爵は気持ちよくなり始めたクリスティーナの蜜口を、さらに激しく突いた。

「やめ……て……本当、に……無理っ……ですぅ……こんな、こと……」

スチュアート公爵は、膨張した欲望を何度も何度も押し込んでくる。

ベッドの上で彼に組み敷かれ、下から勢いよく突かれ続けたクリスティーナの身体は、淫らな抽挿の波に踊っていた。

「あぅ、本当に……だ、め……公爵様、の……すごく、大きくて……もう……っ」

彼は淫らな出し挿れを繰り返す。

そのうち、ものすごい圧迫感で繋がっていた脚の付け根が、少しずつ潤い始めてきた。

擦り合わせていた秘処には、クリスティーナのはしたない蜜が湧き出ているようだ。ぬるぬると滑りがよくなるに連れて、徐々に痛みが和らいでいく。

「ずいぶん濡れてきたみたいだ」

「……」

「さっきよりは、感じてきたんじゃない？」

「……たぶ、ん……そう、だと……」

公爵が指摘した通り、激痛しかなかった下半身に、ぞくぞくとした快感が集まり始めている。

今ではクリスティーナの中を突き上げてくる彼の塊が嫌ではなくなっていた。もっと奥まで入ってきてほしいくらいだ。

「これなら、最後までイケそうだな」

公爵が言うと、クリスティーナは聞き返した。

「どこ、に……行く、のですか……？」

「天国だよ」

「天、国……？」

「いいから、任せて」

彼は大きく腰を揺らしながら、クリスティーナの豊満な乳房を下から掬い上げるようにしてぐにぐにと揉んだ。

大きな手で膨らみを弄びながら、きゅっと薄赤く色付いた乳首を抓み上げる。

「ひゃん！」

すると気持ちよくなってきた下半身に、さらに火がついた。クリスティーナの全身には、淫靡な快感が駆け巡る。

「あぅ……や……だ、だめ……いいっ……気持ち、よ過ぎるぅ……」

彼女の腰は、もっと深い快感を求めて小さく揺れた。呼吸はコントロールが利かないほど、激しく乱れている。

スチュアート公爵は、クリスティーナの敏感な蜜口を突きまくった。

彼女の奥まで大きくて長いモノを埋め込んだまま、ぐるぐると腰を回したり、入り口近くまで抜いて、ぐぐぐっと一気に挿入したりする。

彼のテクニックに翻弄されたクリスティーナは、敏感な股間をどこまでも疼かせた。意識がまた遠退いてしまわないかと、心配になるほどだ。

「ああ、もう……だ、め……感じ、る……ぅ」

腰の奥からは、ドクドクとした艶めかしい快感が襲ってきた。それでもスチュアート公爵は、激しく腰を動かし続ける。

ペチッ、ペチッ、ペチッ、ペチッ、ペチペチッ……。

卑猥にぶつかる肌と肌の音が、生々しい。

クリスティーナはもう、おかしくなりそうだった。なにかにしがみ付きたくて、思わず公爵の背に爪を立ててしまう。

「あぁ、あ、あ、あん……や、や、や、や、やぁ、やだ……っ」

彼女は身体を弓なりに反らして喘いでいた。突き上げてくる彼の大きなモノを、全身で感じてしまう。

公爵は、抜き挿しのスピードを上げた。びしょびしょに濡れた彼女の蜜口を、どこまで

も卑猥に擦っていく。

「あっ……やん……もう、無理……身体が……身体が、壊れそう……」

頂点に向かっていたクリスティーナの頬は、ひどく上気した。それでも股間からは、なおも淫靡な疼きが襲ってくる。

彼女は自らの顎先をぐっと上げて喘ぎ、下半身にぎゅーっと力を入れた。

そしてついに、

「あ、あ、ぁあ……あああぁ……」

クリスティーナは快楽の世界に、昇っていた――。

「どうやら……イッたようだ」

彼女は、激しく乱れていた呼吸を整えるので精一杯。すると、

「俺ももう、限界だ……」

公爵はそう言って、これまでになく腰を激しく揺らし始めた。クリスティーナをさらに深く突き上げる。

やがて、

「う、うぅ……」

彼は最後に気持ちよさそうに、そのハンサムな顔を歪め――彼女の奥底に、二人の愛の証《あかし》を注ぎ込んだのだ。

「よかったよ、クリスティーナ……」

スチュアート公爵は終わったあと、クリスティーナを抱き寄せた。

「大丈夫だった？」

「私も初めは、痛かったのですが……最後は……」

「気持ちよかった？」

「はい」

「だとしたら、毎晩求めても応じてくれるね」

公爵は悪戯っぽく言った。

「私、本当に、スチュアート公爵様の奥様にしていただけるのですか？」

「もちろん、君しかいない。君を妻にしたいんだ……」

「公爵様……」

スチュアート公爵はクリスティーナに、甘いキスを落とす。

「これからは、アンドリューと呼んでくれ。もうすぐ夫婦になるんだから」

「アンドリュー……？」

「そうだ」

「慣れなくて、恥ずかしいです……」

「その呼び方も、夜の営みも……これから一緒に暮らしていくうち、空気のように自然なものへと変わっていくはずだ」

「はい」

アンドリュー公爵スチュアートは、妻となるクリスティーナ・バーセルを、愛おしそうに抱きしめた。

「愛してるよ、クリスティーナ」

「私もです、アンドリュー……」

「永遠に」

「私も」

こうして二人の愛は、いつまでも続くと思われた――。

＊＊＊

アンドリューが彼の叔母であるアーノルド子爵夫人に、クリスティーナと結婚することを手紙で報告すると、叔母は大慌てでスチュアート公爵邸へとやってきた。

クリスティーナが子爵夫人に会うのは、この屋敷に到着して以来、二度目となる。

彼女は緊張しながらも、モダンな手すりの螺旋階段があるスチュアート公爵邸のエントランスホールで、アンドリューとともに子爵夫人を迎え入れた。

膝を曲げ、丁寧に挨拶をする。

けれど彼の叔母は、まるでクリスティーナを値踏みするように、上から下までじろりと眺めたあと、

「まあ、いいドレスを着せてもらって。どうやって、スチュアート公爵を丸め込んだのかしら？」

と、身代わりでやってきた十八歳のクリスティーナが、二十八歳になる甥の公爵を上手くたぶらかしたとばかりに言う。

「申し訳、ございません。私も、まさか……」

クリスティーナは、まるで後ろめたいことでもあるかのように、視線を床へと落とすしかない。

「叔母様、こちらへ。僕がどうしてクリスティーナを妻として選んだのかを、詳しくお話ししましょう」

「そうね、まずは聞くべきね」

アンドリューは、不機嫌なアーノルド子爵夫人を、応接室へと案内した。

子爵夫人の態度を見た限りでは、彼女はクリスティーナと甥であるアンドリューとの結

婚に反対しているようだ。

それも仕方のないことだろう。

彼の叔母はティガールの舞踏会で、自らの目で美しいキャロラインを見初め、アンドリューの妻にと選んできた。

しかし身代わりとしてやってきたのは、義姉の美貌の足元にも及ばないクリスティーナなのだから。

そのうえスチュアート公爵アンドリューは、ガマガエルのような顔をしているのではなく、うっとりする美男子。

使用人にしか見えない伯爵の娘では、甥の妻にはふさわしくないと判断したのだろう。

はあ……。

クリスティーナは溜息をついた。今、応接室で話している、二人のやりとりが気になってしまう。

もしアンドリューの叔母に結婚を反対されたら、やはり自分はティガールへと戻るしかない。

エドワードやアリーとはもう一度会いたいが、愛するアンドリューと離ればなれになるのは、身が引き裂かれるように辛い。

クリスティーナはエントランスホールに呆然と佇んでいたが、ここにいつまでいてもなにかが解決するはずもなかった。

彼女はスチュアート邸に滞在している間、自室として使っている貴賓室に戻り、事の成り行きを待つことにした。


そして、一時間ほど過ぎた頃——。

部屋にいたクリスティーナを、執事が呼びに来る。

「クリスティーナお嬢様、旦那様とアーノルド子爵夫人が、応接室でお待ちでございます」

「ただいままいります」

クリスティーナは、すでに結論が出ているだろう自身の未来を案じた。

彼女は不安に駆られながらも逸る心を抑え、応接室に向かう。

その部屋は来客を丁重に迎えるために作られていた。

落ち着いた雰囲気の唐草《からくさ》模様に壁が装飾され、大理石の立派なマントルピースや彫刻の施されたキャビネットが置かれていた。

アーノルド子爵夫人は、寄せ木細工のテーブルでアンドリューとお茶を飲みながら、緑のベルベットが張られた肘掛け椅子に腰をかけている。

「こちらへいらっしゃい、クリスティーナ」

「はい、子爵夫人」

クリスティーナがアーノルド子爵夫人の傍に近寄ると、彼女は突然、クリスティーナの手を愛おしそうに握った。

「アンドリューから、話は聞いたわ。クリスティーナ、あなたこそがバーセル伯爵家の血を受け継ぐ令嬢だったのね」

「ティガールでは、義母が本当のことを申し上げず、大変失礼いたしました」

クリスティーナはまず、大切なことを黙っていたマライアとキャロラインのことについて謝罪した。

「あなたが、つまり……キャロラインと比べると、あまり上等ではないドレスを着ていたので、つい伯爵の娘ではないと思い込んでしまって。私の方こそ、悪かったわ。ごめんなさいね」

アーノルド子爵夫人は、クリスティーナの手の甲をぽんぽんと軽く叩く。

「今回は、とんだことになってしまったけど」

「はい、子爵夫人」

「アンドリューはあなたを妻にしたいと言うし……」

「……」

「これもきっと、なにかのご縁なのかもしれないわね。そう考えて私は、二人の結婚を認めることにしたわ。若いあなたたちの気持ちを尊重することが、大切だものね」

彼の叔母はにこやかな笑みを湛え、クリスティーナに告げた。

「ありがとうございます。スチュアート家の嫁として恥じないよう、公爵を助けてまいります」

「スチュアート家の後継ぎの方もよろしくね」

「あ……は、はい」

クリスティーナは、そう言って二人の結婚を認めてくれた子爵夫人に微笑んだ。

彼の叔母がこの屋敷にやってきたときは、いったいこれからどうなるのかと気を揉んだが、彼女の態度がずいぶん軟化していたことに、クリスティーナは本当に安堵した。

きっとアンドリューが、上手く話してくれたのだろう。

「結婚式だけど……」

さっそくそう切り出した子爵夫人に、

「予定通りに挙げましょう。この前王子に会ったとき、バーセル伯爵の令嬢を妻にすると話をしているんです。とくに間違いはないのだから、大丈夫でしょう」

アンドリューはどこまでも強引だ。

「あれほど結婚に消極的だった人が、そういうのだから……わかったわ、アンドリュー、あなたの言う通り、結婚式は来月にしましょう」

「ありがとうございます」

「それにしても、クリスティーナが相当気に入ったのね」

彼の叔母は半ば呆れているようだ。

「ええ、とても」

照れもしないで堂々と話すアンドリューに、子爵夫人はお手上げだと言わんばかりに肩を竦める。

「ホント、よくもこれほど別人になれたものだわ。ひと昔前のあなたを、クリスティーナに見せてあげたいくらい」

クリスティーナは彼の叔母の言葉を受け、微笑みながらアンドリューに視線を移した。すると彼はなにかが気まずいのか、咳払いをして誤魔化す。

そのあとすぐに、クリスティーナにも香りのいいお茶が運ばれてきた。三人は和やかに談笑を続けていたのだが——。

「とはいえ、クリスティーナ……」

彼の叔母がいきなり真面目な顔をする。

「やはりお式には、バーセル伯爵未亡人をお呼びしないと。スチュアート公爵と結婚するんですもの」

「わかっております」

「すぐにあなたから、バーセル家へ手紙を書いてちょうだい。もちろんアンドリューが、ガマガエルに似ていないことも忘れずに」

アンドリューからこれまでの経緯をすべて聞いたのか、アーノルド子爵夫人はどこか恨めしそうに言った。

「承知いたしました」

なにはともあれ、彼の叔母がすんなり結婚を許してくれたのだ。

クリスティーナはこれからのアンドリューとの幸せな日々に、ただ思いを馳せていた。

＊＊＊

しかし二人の結婚は、考えてもみなかった方向へと動き出す。

クリスティーナがファールスから送った、スチュアート公爵アンドリューと結婚するという手紙がティガールのバーセル伯爵家に届くと、マライアとキャロラインが目にも止まらぬ早さで、クリスティーナのいるファールスへとやってきた。

義母と義姉は、直接スチュアート公爵邸を訪れることはせず、まずは面識のあるアーノルド子爵夫人に会いに行ったらしい。

二人はアーノルド子爵邸で一泊したあと、翌日には子爵夫人を伴い、クリスティーナが滞在するスチュアート公爵邸へと出向いてきた。

アンドリューとクリスティーナの結婚を、今まで快く認めてくれていたはずの彼の叔母だったが、どうやらその風向きを逆方向に変えてしまったらしい。

マライアとキャロラインに、なにかを吹き込まれたようだ。

三人はスチュアート公爵邸の執事によって、丁重に応接室に通された。

予告のない義母たちのいきなりの訪問に驚きながらも、クリスティーナはアンドリューとともに応接室へと入った。

すると、肘掛け椅子に腰かけ、出されたお茶を飲んでいたマライアは、初めて会ったスチュアート公爵アンドリューへの挨拶もそこそこに、いきなりクリスティーナを怒鳴りつける。

「おまえは、なんと恐ろしいことをしてくれたの！」

「ど、どういう……」

突然罵倒を浴びせられたクリスティーナは、わけもなくたじろいだ。

「侍女のおまえが、スチュアート公爵と結婚するですって!? そんな厚かましい夢物語が、どこにあるというのでしょう」

「あの」

クリスティーナは大いに戸惑った。

どうやらマライアとキャロラインは、クリスティーナの結婚式に参列しに来たのではなく、邪魔をするためにここまでやってきたらしい。

スチュアート公爵アンドリューはガマガエルに似た顔ではなく、ハンサムな青年貴族だったのだ。その事実を知り、二人はキャロラインとの縁談を元に戻すつもりのようだ。

アンドリューは、この事態に一瞬目を見張ったものの、

「なんなのです？　叔母様、これは……」

と、まずは事情を知っていそうな叔母、アーノルド子爵夫人に、落ち着いた調子で尋ねた。

「それがね、アンドリュー。昨日ティガールから、バーセル伯爵未亡人とキャロラインがアーノルド邸にいらしたの。お二人はクリスティーナが、やはり伯爵令嬢ではないとおっしゃるでしょ？　だから、これはただ事ではないと思い、こうしてやってきたというわけ」

この話を聞いたクリスティーナは、直ちに反論した。

「私は嘘などついてはおりません。私の父は間違いなく、亡きバーセル伯爵です。どうか信じてください」

しかし、

「おまえの言葉など、誰が信じるというのでしょう。ここにいらっしゃるアーノルド子爵夫人も、初めからおまえが使用人であることを見抜いておられたわ」

「ですから、それは」

「いい加減、目を覚ますのです、クリスティーナ。これ以上バカな芝居を続けるというのなら、侍女をクビにするだけでなく、ムーベニア王国警察に突き出してやるわ！」

マライアは恐ろしい言葉を投げかける。

「あんまりです、お義母様……」

クリスティーナは心底悲しかった。どうして義母はここまで、彼女を虐げようとするのか。

マライアは愛する弟エドワードの産みの母で、クリスティーナと長い間同じ屋敷で暮らしてきた。

彼女の言い付けには、たとえ理不尽なことであっても、できる限り従ってきたつもりだ。それなのに、ようやく見つけたクリスティーナの幸せを、こんなふうに嘘までついて踏み潰そうとするとは――。

スチュアート公爵との結婚を最初に拒んだのは、キャロラインの方だ。

マライアも実の娘をファールスに嫁がせることを躊躇い、身代わりに嫌がるクリスティーナをスチュアート邸へと送った。妻にしてもらえないときには、愛人になれとまで命令して。

クリスティーナがどれほどの苦しい胸のうちで、スチュアート公爵アンドリューと対面したと思っているのだろうか。

彼女は義母と義姉の身勝手さに、今さらながら呆れていた。

それでもクリスティーナをいったん黙らせたマライアは、ここはなんとしてでもアンドリューを説得すべきだとでも思ったのか、まずは悪魔のように吊り上がっていた目尻を下げ、慈愛に満ちた表情を作る。

「本当に、申し訳ございません、スチュアート公爵様。このようなことが起きましたのは、すべて私の責任でございます。スチュアート公爵家からの迎えの馬車が到着しました日、キャロラインの体調まで急に悪くなりましてね。事情を説明するため、侍女のクリスティーナを先に向かわせたのですが、まさかこのような事態になっていたとは、夢にも思いませんでした。私の不手際でございます。どうか、お許しくださいませ」

マライアの言い訳じみた説明が終わったあと、アンドリューは聞いた。

「こちらへ来られなくなった理由ですが……キャロラインの体調が悪かったためではなく、僕がガマガエルに似た、ガマガエル公爵だという噂を、どこかで耳にしたからではないですか？」

「とんでもございません！　誰がそのようなデタラメを？」

あくまでもシラを切ったマライアは、もっともらしく続けた。

「だいたい、そのガマガエル、ですか？　いったいなんのことでしょう。これほど素敵なスチュアート公爵様のことを、ガマガエル公爵などと、そんなふうに悪く言う人がいるのですか？　信じられませんわ」

　するとアーノルド子爵夫人が答える。

「それがいるんですの、バーセル伯爵未亡人。とくにファールスでは、根も葉もない噂を立てる人が多いんですのよ」

「なんということでしょう！」

　マライアは大袈裟《おおげさ》に驚いて見せた。

「ですから私も、甥のアンドリューの結婚には、これまで大変苦労いたしましたのよ。ティガールでキャロラインと伯爵未亡人にお会いしたときは、もうこちらのご令嬢を逃したら、あとがないと思ったくらいです」

「そうだったのですね」

「だからキャロラインが、アンドリューの元へ嫁いでくれると決まったときは、本当に嬉しくて……」

　すっかり義母に丸め込まれてしまったのか、アーノルド子爵夫人は、溜息まじりにそう打ち明けた。

　マライアは、すっかり彼の叔母を手中に収めているようだ。

　義母はこのままクリスティーナを使用人に仕立て上げ、アンドリューとキャロラインの結婚を推し進めるらしい。

クリスティーナは困惑した。

確かに自分はバーセル伯爵の血を引く娘ではあるが、マライアに乗り込まれた今、それを信じてもらうのは難しそうだ。

とくに、彼女の言葉を全面的に信頼しているアーノルド子爵夫人の考えを変えるのは、並大抵ではないようだ。

どうしたら……。

クリスティーナが困っていると、子爵夫人は彼女が懸念することについて、話を始めた。

「これでよくわかったでしょ、アンドリュー。あなた、クリスティーナに騙されていたのよ」

え……。

「結婚は、クリスティーナとすべきではないわ。やはり、私が初めに約束してきた通り、キャロラインをおもらいなさい」

アーノルド子爵夫人は、甥であるアンドリューの目を見て、はっきりと言う。

「ちょっと待ってください、叔母様。勝手に決めないでください」

アンドリューは彼の叔母を制した。

しかし。

「目を覚ますのよ、アンドリュー。あなただって初めは、クリスティーナのことを使用人だと信じて疑わなかったじゃない」

「それは」

「人間の直感は、案外正しいものよ。なにより私が、ティガールの舞踏会で直接お会いしたバーセル伯爵未亡人が、こうおっしゃっているの。間違いはないわ。それにあなただって、クリスティーナが初めてこの屋敷に来たとき、そう言ってたじゃない」

「落ち着いてください、叔母様。僕が事務弁護士に調べさせたところ……」

「少し調べたところで、なにがわかるというのです？」

アーノルド子爵夫人は、アンドリューに反論の隙を与えなかった。上品な貴婦人を気取るマライアのことをどこまでも信じているようだ。

「どちらにしてもキャロラインが、こうしてファールスに来てくれたんだから。もういいじゃありませんか。クリスティーナのことは、忘れましょう。キャロラインはあなたのために私が、苦労して選んだ花嫁なの。どうか、キャロラインと結婚してちょうだい！」

彼の叔母は強い口調で言った。

アンドリューは、子爵夫人になにかを言い返すことはなかったが、マライアには確かめるように質問する。

「バーセル伯爵未亡人、あなた方はクリスティーナからの手紙を受け取ったあと、こちらにいらしたのですよね」

「ええ、そうです。もう少し早くファールスに着きたかったのですが、キャロラインの体調が思わしくなくて。でもクリスティーナが、とんでもないことを仕出かしていると知って、慌ててこちらへまいりましたの」

「ではどうして、今までなんの連絡もいただけなかったのですか？」

アンドリューは神妙な顔をして聞いた。

アーノルド子爵夫人もそのことには一理あると思ったのか、いつしか身を乗り出している。

けれどマライアは、どこまでも惚《とぼ》けた。

「連絡でございますか？　もちろんさせていただきましたわよ」

「いつです？」

「クリスティーナがこちらへとまいりますときに、アーノルド子爵夫人とスチュアート公爵に宛てた手紙を持たせました。そうよね、クリスティーナ？」

「ええっ？」

クリスティーナはあまりに驚いて声をあげる。

「まさかそれすら、お読みになっていないというのですか!?」

「ええ」

子爵夫人は返事をする。

「やはりクリスティーナは初めから、計画的にスチュアート公爵に近づいたようです。なんと、おぞましい……」

「嘘です、そんな手紙、預かっておりません！」

さすがのクリスティーナも、これ以上は黙ってはいられなかった。

目上の人が話しているとき、口を挟むのは淑女らしくないことはわかっていたが、義母の嘘にもう我慢ができない。

「お義母様は、おっしゃいましたよね。スチュアート公爵の奥様にしていただけないときは、愛人になってでもお屋敷に置いていただけと。多額の借財の返済に充ててしまった結婚準備金を、今さら返却することなどできないと。これらのすべてを、お忘れだと言うのですか!?」

しかしマライアは、クリスティーナの必死の反論に高笑いで返した。

「ほほほほほっ、あらまあ、よくできたお話だこと。だけど、バーセル伯爵未亡人である私が、どうしてそのように下品な指示をしなくてはならないの？」

「え……？」

「スチュアート公爵は、将来娘の夫になる方なのよ。なぜ私がそのような方に、おまえのような愛人を世話しなくてはならないの？　まったく呆れて、ものも言えないわ！」

「……っ！」

クリスティーナは唇を噛んだ。

「それに！」

マライアは続けた。

「さっきから聞いていれば、クリスティーナ。おまえは使用人の分際で、どうして私のことをお義母様と呼ぶのよ」

「えっ？」

「ああ、汚らわしい！　冗談じゃないわ！」

マライアがヒステリックにこう叫ぶと、アーノルド子爵夫人もクリスティーナにひと言言いたくなったようだ。

「確かに私も、一度はあなたをアンドリューの妻として迎えようとしたけれど……こうしてバーセル伯爵未亡人のお話を聞いてみたら、おかしなことが多過ぎるわ。私が完全に見誤っていたようね。クリスティーナ、アンドリューのためにも、いい加減嘘はおやめなさい！」

「子爵夫人……」

クリスティーナの目の前は、真っ暗になった。信じてもらえるどころか、こうも責められ続け、全身の力が抜けていく。

それでも彼女は、どう説明すればわかってもらえるだろうかと必死で考えた。しかしいくら考えても、名案は浮かんでこない。

しかもアンドリューの元婚約者であるキャロラインが、やってきたのだ。

今さら、どうすれば……。

クリスティーナは、うなだれるしかなかった。

「本当にふてぶてしい小娘だこと。ちょっと仕事ができるからと、目をかけてやったのに。こんなふうに恩をあだで返すなんて。ああ、情けない。亡くなった夫、バーセル伯爵に顔向けができませんわ」

とうとうマライアは、ハンカチまで取り出し、出てもいない涙を拭う演技までし始める。

「アンドリュー、私……」

なにも手立てのないクリスティーナは、彼へのすべての愛を諦めようとした。もともとキャロラインの身代わりでここにやってきたのだ。

すべてを忘れて、ティガールに戻ればいい――。


――しかしそのとき。

燕尾服を着たこの家の執事が、突然応接室に入ってきた。主人であるアンドリューに、なにやら耳打ちをする。

「今ちょうど、すべての事実を知る人が、この屋敷に到着したようです」

アンドリューは、どこか思わせ振りに言った。そして、

「入りなさい」

彼はその人を招き入れる。

「ア、アリー……!?」

応接室に入ってきた女性を見たクリスティーナは、目を見張った。

紛れもなく目の前に立っているのは、ティガール地方のバーセル伯爵邸にいるはずのアリーだ。

アンドリューはアリーに聞いた。

「おまえは今まで、どこでなにをしていたんだ?」

「ティガールにあるバーセル伯爵家で、ハウスメイドをしていました」

「では、聞こう。ここにいるクリスティーナは何者だ? おまえと同じ、バーセル家の使用人なのか?」

「とんでもありません!」

アリーは大声で否定する。

「クリスティーナお嬢様は、亡きバーセル伯爵の血を受け継ぐ、正統なご令嬢です。今の奥様は伯爵の後妻で、キャロライン様はその連れ子で……」

「お黙り!」

マライアはアリーが全部話し終えないうちに、その言葉を遮った。

「誰です、この女は？　バーセル家のメイドですって!?　ご冗談を。私はこんなアリーとかいうメイド、見たことがありませんわ！」

「ええっ？」

「嘘を言っているのです。すべてはこのクリスティーナの策略でしょう。まあ、本当に恐ろしい」

アンドリューの叔母は、クリスティーナとマライアの顔を交互に見比べたあと、アリーに聞いた。

「そう、なの……？」

しかし義母はその質問を遮り、アーノルド子爵夫人に同じような主張を繰り返すだけだ。

「アーノルド子爵夫人、どうか信じてください。このメイドは、私とキャロラインを陥れるために、嘘をついているのです」

「いいえ、嘘をついているのは奥様の方です」

アリーは負けていない。

「奥様は伯爵様が亡くなってからというもの、クリスティーナ様をいじめてばかりいました。自分たちは贅沢をするくせに、クリスティーナ様を使用人扱いして……」

「うるさい！」

「今回、クリスティーナ様がファールスに来ることになったのも、キャロライン様が突然、スチュアート公爵がガマガエルに似た醜い顔だから、結婚したくないと言い出したからです」

「は？　おまえは、どうしてそのことを……？　まさかおまえたち、私の目を盗んで、こっそり連絡を取っていたんだね」

アリーがガマガエル公爵のことを知っていたことに動揺したのか、マライアは思わず口を滑らせる。

するとアンドリューは、すかさず問いただした。

「今、なんとおっしゃいましたか？　バーセル伯爵未亡人。まるでアリーを知っているような言い草ですね」

「えっ……？　いいえ、私、なにか言いましたかしら？　なんでもありませんわ。ただの独り言です」

「そうですか、まあいいでしょう」

アンドリューはこう言うと、叔母であるアーノルド子爵夫人に視線を移した。

「今のやりとりをご覧になり、賢明な叔母様なら、おわかりのはずです。僕は確かにアリーをバーセル家から呼び寄せました。これでもまだクリスティーナが、信じられませんか？　本当に彼女が、バーセル伯爵家の娘ではないとお思いですか？」

「さあ、どうかしらね……」

アーノルド子爵夫人は、そう曖昧《あいまい》に答えるしかないようだ。

けれどマライアは黙ってはいない。

「あー、なんということでしょう。どうかこんな卑しい者たちの猿芝居に、騙されないでください、アーノルド子爵夫人。私は神に誓って申し上げますわ。クリスティーナは本当に、伯爵家の娘ではございません！」

義母は大声で訴える。そのあと開き直ったように言った。

「もしもお信じいただけないのなら、もう結構です。私たち、ティガールに帰らせていただきます。どうぞ、伯爵の娘でもなんでもないただの使用人のクリスティーナを、大切な甥御様、スチュアート公爵の奥様として、おもらいになればよろしいわ。ムーベニア王国中の恥さらしになってもよければ」

マライアの強い主張に、アーノルド子爵夫人は動揺したのか、

「ちょっと、お待ちになって。バーセル伯爵未亡人。私はなにも、この者たちの言葉をすべて信じたわけでは……」

と、応接室から出ていこうとするマライアとキャロラインを止めた。

そしてついにこの話の結末が、わからなくなり始めたとき――アリーがぽつりと呟いたのだ。

「あっ、そうだ」

「どうしたんだ、アリー」

アンドリューが聞いた。

「クリスティーナお嬢様が伯爵令嬢だということを、どうしても信じていただけないというのなら……証拠があります」

「証拠？」

「はい。実はクリスティーナ様のために、持ってきたものがあるんです」

するとアリーは、自身のカバンの中から写真立てを取り出した。

「亡くなった旦那様は珍しい物がお好きな方で、五年ほど前に写真が流行ったときも、わざわざファールスから写真技師をお屋敷へとお呼びになり、皆様でポートレートをお撮りになりました」

「えっ？」

「こちらです」

アリーはその写真立てをアンドリューに渡そうとした。すると、

「あーっ、駄目！　駄目よ、アリー！　それだけは、見せないで！　おまえをメイド頭にしてやるから！」

マライアはそう叫んだが、バーセル家の家族全員が写された写真は、すでにアンドリュ

ーの手元にあった。

「えっと、こちらが亡くなられたクリスティーナ様のお父様の伯爵で、これがクリスティーナ様。そしてマライア様とキャロライン様で、この男の子が現在のご当主、エドワード様です」

アリーはこの写真についての説明まで終えていた。

「確かに。写真を見る限り、クリスティーナの言葉に疑いの余地はなさそうです。ほら、叔母様も見てください」

アンドリューから証拠の写真を見せられたアーノルド子爵夫人も、納得せざるを得ない様子だ。

「本当だわ。ここに写っているのは、クリスティーナね。よく見たら、お父上の伯爵とお顔がよく似ていること」

彼の叔母は、クリスティーナの顔と写真を交互に見比べる。

「アーノルド子爵夫人、違うんです！　ですから、これには……深い事情が……」

「事情ですって？」

「はい」

最後に足掻《あが》こうとしたマライアに、

「よくもこうぬけぬけと、嘘が並べられるものだ……」

アンドリューは厳しい視線を向けた。

「あの、だから、実は……あっ、そうです。クリスティーナは亡き夫が外に作った子供で、私が引き取って育てておりましたの」

マライアはどうあっても、クリスティーナがバーセル家の正統な娘だということを認めようとはしなかった。

しかし、

「もう、よしましょうよ、お母様」

キャロラインがマライアに言った。

「見苦しいだけだわ」

「キャロライン……」

「クリスティーナがどうであれ、私は、私の美しさを求めてくださる方と結婚したいわ」

「でも」

「いいのよ、本当に」

「ああ、どうして、こんなことに……キャロラインじゃなくて、クリスティーナが公爵と結婚するなんて……」

ついにマライアは、涙ながらにその場に崩れ落ちたのだ――。

そんな母の姿の見たキャロラインは、アンドリューに聞いた。

「確かに私は、亡きバーセル伯爵とは血が繋がっておりません。だからといって、美しさの欠片もないクリスティーナを、スチュアート公爵は本気で妻になさるのですか？　それで満足なのですか？」

するとアンドリューは言った。

「どうしてあなたはクリスティーナに、美しさの欠片もないなどとひどいことをいうのです？　多少外見が整っていても人を平気で傷付けるあなたになど、僕はまったく興味が湧かない。あなたには、クリスティーナの心の百分の一の美しさもないからだ。僕はクリスティーナでなければ、結婚はしません。彼女と結ばれないのなら、生涯独身でもいいと思っている。これが僕の答えですよ、キャロライン・バーセル」

「……」

すべてを片付けたアンドリューは、最後にクリスティーナに極上の笑みを向けた。

「もう心配ないよ、クリスティーナ」

そして、彼はその場に跪《ひざまず》く。

「もう一度お願いする。クリスティーナ、どうか俺の妻になってほしい」

「はい」

「ありがとう」

こうしてクリスティーナには、ようやく微笑みが戻った。

＊＊＊

一時はどうなるかと思われた、スチュアート公爵アンドリューとクリスティーナ・バーセルの結婚だったが、マライアたちの悪巧みがはっきりし、今度こそアーノルド子爵夫人も認めざるを得なかった。

アンドリューが、来月行われるクリスティーナとの結婚式には、バーセル伯爵家からは現当主のエドワード・バーセルだけの参列でいいと明言したため、マライアとキャロラインはすごすごとバーセル家へと帰っていった。

「でも、アリー。まさかあなたが、来てくれるなんて……」

今回のアンドリューとクリスティーナの結婚の功労者でもあるアリーに、クリスティーナは思い出したように聞いた。

すると、その件に関しては自分が一番詳しいとばかりに、傍にいたアンドリューが説明する。

「君の侍女としてここで働いてもらおうと、僕がアリーを呼んだんだ。しかし、こんな展開になるとはね……」

アンドリューが感心するように言うと、アリーはどこか誇らしげに胸を張った。

「バーセル邸を離れられたクリスティーナお嬢様がご家族を思い出し、お寂しいのではないかと、偶然にも写真立てをお持ちしたのです。私もこんなことが起こっているとは、思いませんでした。お役に立てて、本当によかったです」

「ええ、アリーのお陰よ」

クリスティーナはアリーの手を取った。

「会いたかったわ、アリー。話したいことがたくさんあるの」

けれどアリーはアンドリューの顔色を窺うように、喜ぶクリスティーナを制した。

「駄目ですよ、お嬢様」

「なぜ？」

「これからは、その……私と親しくするのではなく、スチュアート公爵様を一番に考えないと。お話があるなら私にではなく、公爵様になさってください」

アンドリューはそんなアリーを絶賛する。

「アリー、クリスティーナからおまえのことは再三聞いていたが。本当によくできた侍女のようだ。クリスティーナ、秘密の話があるなら、まずは俺に話すんだ」

「私は別に、秘密のお話をしたいだなんて、ひと言も……」

「VがMだった件を話したいのではないのか？」

「え、あ……どうしてそれを……!?」

クリスティーナは慌てた。

「やはり、図星のようだ」

「……」

クリスティーナはひとりで頬を熱くした。

「ったく、君たちの仲のよさには、こっちが嫉妬しそうだ」

アンドリューはそう言って、呆れたように微笑むしかない。

「とはいえアリー、クリスティーナはおまえのことを、とても恋しがっていた。スチュアート家での仕事は明日からにして、今日は来客として、クリスティーナと一緒に過ごすがいい」

「よろしいのですか、アンドリュー」

クリスティーナは目を輝かせる。

「ああ、もちろんだ。アリーは僕の大切な妻の侍女なのだから」

「ありがとうございます」

アンドリューから許可が出たクリスティーナとアリーは、その日遅くまで貴賓室で語り明かした。

＊＊＊

「いよいよ明日は結婚式だ、クリスティーナ。俺たちを祝うために、王室からも王子が、式に参列してくれるそうだ」

「どうしましょう。今からとても緊張してきました」

結婚式を明日に控えた夜、クリスティーナが使っている貴賓室にやってきたアンドリューはそう言った。

二人は、クリスティーナがアンドリューの寝室を訪れたとき、一度だけ結ばれてはいたが、そのあとは結婚式まで待つことにしている。

「アリーが来てくれて、すごく安心できたのはいいのですが……大急ぎで終えたウェディングドレスの仮縫いのあと、少し太ってしまったようです。明日、ドレスが入らなかったら、どうすればいいのか……」

「そう言えば……」

アンドリューは、クリスティーナの周りをぐるぐると歩く。

「平気だとは思うけど……そんなに君が心配なら、俺がチェックしてみようか？」

「どうやって？」

「まずは……」

アンドリューはクリスティーナを後ろから抱え込むように、抱きしめた。そして両手で

乗せているだけだと主張するが――微妙に乳房を揉み、頂をくすぐる悪戯な指に、クリスティーナの下腹部は、すでにはしたない熱を持ち始めている。

それでも平静を保ちながら、

「ど、どうですか……？　私、太って……いますか？」

と、アンドリューに聞くものの、

「うーん、そうだな。確かに太ったかもしれないな……」

彼は曖昧な答えを繰り返し、指をいやらしく動かすだけだ。

クリスティーナはいつのまにか、変な気分になりかけていた。

「本当、に……？　どう、しましょう」

「このままでは明日、ウェディグドレスが合わなくなる可能性もある」

「ええっ!?」

そこまで深刻だと思っていなかったクリスティーナは驚いた。アンドリューは、そんな悩める未来の妻に提案する。

「俺なら、なんとかできるが？」

「そうなんですか!?」

「ああ」

「だったら、教えてください。明日までに痩せる方法を」

「わかった……では、まず……」

アンドリューは、クリスティーナの二つの膨らみを覆っていた手の動きを激しくした。

「な、なにをするのです？」

「痩せたいんだろ？　クリスティーナ」

「ええ、もちろん」

「それなら、大人しくして」

「……」

アンドリューは五本の指を巧みに使い、大きなクリスティーノの乳房をぐにぐにと揉んだ。

しかも次第にツンと硬く勃ち上がってくる薄赤い頂まで、きゅっ、きゅっと、リズムを付けて抓んだりする。

「や、あっ……やんっ！」

久し振りにいじられた敏感な先からは、はしたない感触が湧き上がった。クリスティーナは気持ちよくて、全身をびくりと震わせる。

「だめ、です……こんな、こと……」

「なにが駄目だというのだ？」

「ですから……気持ち、よく……なってしまいそうで……」

しかしアンドリューはきっぱりと言った。

「それも仕方のないことだ。こうでもしないと、明日までに間に合わない。我慢することはないから、声を出したければ、出しなさい」

「あ、はい……」

アンドリューは、クリスティーナのたわわな乳房を形が変わるほどに弄んだ。

強く揉みしだいたかと思うと、敏感な左右の膨らみの先をいやらしく指先で弾きまくる。

「あん、う……やっ……アンド、リュー……」

気付いたときには、彼女の呼吸はどこまでもはあはあと乱れていた。下肢にはもやもやとした淫らな疼きが宿っている。

「だ、めぇ……っ」

背後から絶妙に攻めてくるアンドリューの指遣いに、クリスティーナは立っていることすら難しくなっていた。下半身が崩れてしまいそうで、両脚に力が入らない。

ドロワーズの中にある敏感な蜜口からは、たらりとはしたない液がこぼれているはず。もうすでに、ぐっしょりと濡れているかもしれない。

「や、やぁ……んっ……う……っ」

本当にこんなことで、痩せられるの……？

クリスティーナはそんな疑問を抱きつつも、もし本当にウェディングドレスが入らなかったときのことを想像した。

躊躇っていちゃ、駄目。明日までに、できる限りの努力をしなくては……。

初めのうちは結婚式に間に合うようにと、アンドリューの指を受け入れていたクリスティーナだったが、気が付くと快感に支配されていた。

「あ、んんぅ……や……そんな、こと……だ、め……っ」

言いつつもクリスティーナは、アンドリューのいやらしい指先に感じまくっている。

彼の方も、休むことなくクリスティーナの豊満な胸元をいじめ続けた。

そしてアンドリューは、

「これだけでは、まだ足りないな」

と、ぽつりと呟いたのだ。

「え……？」

「それほど呼吸が乱れてないだろ？」

「そ、そうでしょうか……」

「もっと、肩で息をするほど興奮しなくては。明日までに痩せることなど、できはしない」

「でも」

「もう、こうするしか……」

アンドリューはいきなり、クリスティーナのドレスのスカートを捲り上げた。

「う、嘘」

「そうだ、下の方まで気持ちよくしなくては、とても間に合わない」

「まだ、キスも……」

クリスティーナは、男女の行為の順番が違うことに気が付いた。

けれどアンドリューは、そんな彼女の心配を無視するように、

「キスはあとだ。まずは、下から濡らさなくては……」

彼はあっという間に、クリスティーナが穿いていたドロワーズの紐を緩め、それを床へとずり下ろす。

「ひゃんっ!」

「クリスティーナ、このテーブルに手を付いて、お尻を後ろへ突き出してくれ」

「どどど、どうしてですか……?」

クリスティーナはその言葉に驚いた。こういうことは、ベッドでするものだと思っていたからだ。

「いいのか?　明日までに痩せなくても?」

自分は、考えていた以上に太っていたに違いない——。

「わかり、ました……」

クリスティーナは言われた通り、モザイク模様の大理石のテーブルに手を付き、背後に

いるアンドリューに向かって尻を突き出した。

妻になるはずの彼女を思う彼は、そんなクリスティーナのドレスのスカートをふたたび捲り上げる。

「あんっ！」

アンドリューの目の前に、乳白色の臀部が剥き出された。

彼はクリスティーナの敏感な割れ目に、指を沿わせ始める。繰り返し上下に、何度もいやらしく擦り上げていく。

「やん、あ……ぅ、アンド、リュー……だ、め……っ」

「少しは濡れているけど、まだまだだ……」

アンドリューは後ろからそう言うと、蜜が滴る敏感な花弁に、ぐりぐりと指を押し付けた。

「あ、ぁあ……やんっ……だ、め……ぇ」

彼の指はいけない蜜を絡めながら、なおもソコが気持ちよくなるように動いていく。

クリスティーナの下半身は、疼き出した。気を抜けば、腰がふらふらと踊りだし、がくりと膝を折ってしまいそうだ。

「リラックスするんだ、クリスティーナ。そんなことでは明日までに、間に合わないぞ」

アンドリューはどうして、こんないやらしいことをするのか――クリスティーナはそう思うのと同時に、明日という期限が脳裏にチラつく。

「ち、力を……抜きたいの、ですが……なかなか、難しくて……」

クリスティーナは途切れる息で、そう訴えた。

するとアンドリューは床に膝をついたようだ。クリスティーナのお尻の後ろに、ハンサムなその顔をぴたりとくっ付けたらしい。

「え……な、なにを……？」

彼はクリスティーナの腰をがっちりと両手で捕まえたかと思うと、尖らせた肉厚の舌を、こともあろうか彼女の敏感な部分に真後ろから突き立てる。

「あぅ、ぁあんっ！」

アンドリューは艶かしいその唇をクリスティーナの尻から蜜口に付け、中からあふれ出るはしたない液をずるりと吸い込んだ。

「やぁっ！」

彼は舌先を奥まで伸ばした。卑猥な襞《ひだ》の壁をうねうねと掻き回していく。

「んっ……だめ、です……やんっ……アンド、リュー……もう、私……我慢が、できません……」

「なにを、我慢するというのだ？」

彼はクリスティーナの敏感な入り口に、熱い吐息を吹きかけながら聞いた。

「だから、それは……」

「つまり、俺がほしいというのか？」

「ええ……ですから、その……」

「俺のなにがほしいんだ？」

「あ……や、やん……っ」

「指？　それとも舌？」

「あぅ……」

「はっきり言うんだ、クリスティーナ。言うまでずっと、お預けだぞ」

「あんっ……く、ください……だから、アンドリューの……もっと、大きくて……硬いモノを……」

ついにクリスティーナは、アンドリューに言わされてしまっていた。決してそんなつもりは、なかったのに——。

明日の結婚式に間に合うよう、痩せなくてはならないと思っていただけだ。

でも、この身体が……。

「可愛いな、クリスティーナ……とても、素直だ……」

アンドリューはいつしか、穿いていた細身のズボンの前を寛げていた。

彼は自身のいきり勃った欲望を取り出すと、クリスティーナの敏感な股間をつんつんとその先で刺激する。

「やん……く、ください……早くぅ……」

「これを？」

「そう、です」

けれどこんな不埒な恰好のまま、彼の大きなモノをほしがっていいのだろうか——。

クリスティーナの脳裏には、どうやってするのだろうかという疑問がふとよぎったが、身体はこの姿勢でただ後ろから突き挿してほしいと悲鳴をあげている。

「じゃあ、行くよ、クリスティーナ」

「お願、い……これ、以上……焦らさないで！」

ついにアンドリューは、硬く大きく膨らんだ塊を敏感な彼女の入り口に押し込んだ。

「んんっ……あ、あぅ……っ」

彼は一気に腰をぐっと前にまで突き出し、奥の奥まで自身の欲望で満たす。

「あ、あぅ……アンド、リュー……」

小さな二つの丘の間にあるクリスティーナの敏感な谷間には、アンドリューの硬くて長いモノが挿し込まれている。

大きなソレを咥え込んでいる彼女の蜜口は、あまりの圧迫感で、今にも呻き声をあげそうだ。

しかしアンドリューは、容赦なく前後に腰を揺らした。

「あ、いやっ……だ、めぇ……」

クリスティーナの臀部は、その卑猥なリズムと一緒に踊った。

抜き挿しを繰り返していたアンドリューは、次第に動きの幅を広げていく。

一気に奥まで突いたかと思うと、入り口付近まで引き抜き、またぐっと押し込んだりした。

「あ……い、いや……い、いい……っ」

下肢からは、淫らな快感が湧き上がってくる。まるで股間は、そこに心臓でもあるかのように、ドクドクといやらしく脈打った。

「ああ……いいっ……壊れ、そう……」

大理石のテーブルに手をついていたクリスティーナは、後ろから大きな塊に勢いよく突かれ、豊満な乳房をゆさゆさと揺らした。

今や呼吸は、コントロールができないほど、激しく乱れている。

「つあ……はあ……はあっ……やっ……やんっ……や……う、嘘……気持ち、いい……っ」

アンドリューはさらに、スピードを上げた。卑猥に腰を振りまくる。

やがてクリスティーナには、快楽の頂点が見え始めた。

「あ、んっ……アンド、リュー……もう、だめ……私……イキ、そう……」

「ちょっと、待って……クリスティーナ。一緒に……」

「もう、無理……」

クリスティーナはきゅっと尻を締めた。

「おい、そんなこと……こっちが、持たない……」

「えっ……だって、私……気持ち、よくて……」

アンドリューはなにかに取り憑《つ》かれたように、クリスティーナの奥の奥まで、速いリズムで突きまくった。

「あ……あ……あっ……あん……あん……あんっ……」

アンドリューが腰を前へと突き出すたび、皮膚と皮膚がぶつかり合う、鈍くて淫らな音が寝室に響く。

「や、やんっ……あ、ぅう……だ、めぇ……っ」

「こっちも……もう、限界だ……」

背後からは、アンドリューの荒々しい息遣いが聞こえてくる。

彼も私に、感じてくれてるの……？

そう思った瞬間、クリスティーナに快楽の嵐が押し寄せた。崩れるような激しい悦びが、繋がっている下半身から湧き上がってくる。

「あっ……アンド、リュー……ぁああっ……」

ついにクリスティーナは、快楽の頂点を味わった。足ががくがくと震え、とてもこのまま立っていることなどできない。

しかしアンドリューは、彼女の腰をぎゅっと掴んだまま、さらに勢いよく抽挿を繰り返した。

そして、

「う……うぅ……」

最後にクリスティーナの奥底までソレを押し込んだ彼は、気持ちよさそうな呻き声を上げ、欲望のすべてを流し込んだのだ。


「愛してるよ、クリスティーナ……」

すべてが終わったあと、アンドリューはそう言った。

けれどクリスティーナは、テーブルに手をついたまま、動くことができない。ただ肩を大きく揺らし、呼吸を整えているだけだ。

「こ、これで……本当、に……痩せると、いうのですか……？」

アンドリューは、なおもクリスティーナの剥き出された尻に触れながら、

「君の息が、ここまで上がっているんだ。相当運動したということになるだろ？　痩せたに決まっているよ」

などと曖昧な説明をする。

「だったら、よかったのですが……」

そう言うとクリスティーナは、ようやく折っていた腰を伸ばし、くるりと身体を反転させた。恥ずかしそうにアンドリューを見つめたあと、彼の胸に顔を埋める。

「どうしたの？」

「だからといって、こんな方法は……」

「気持ちよかったんだよね」

「……」

「なら、いいじゃないか」

「でもどうせなら、結婚式を挙げた夜の方が……」

「俺もそう思っていたんだが、クリスティーナ、君があまりに可愛くお尻を突き出すものだから。誘惑に負けてしまったよ」

「……」

アンドリューはクリスティーナをぎゅっと抱きしめた。そして二人はふたたび柔らかな唇を重ね、どこまでも熱いキスをする。

「まずい、困った……」

「どうかしたのですか？」

アンドリューの呟きに、クリスティーナは心配そうに顔を上げた。

「ああ、それが……キスをしてしまったせいで、もう一度君を抱きたくなった」

「ええっ？」

「次はベッドで」

「明日の夜まで、待てませんか？」

「待てないから、言ってるんだ。おいで、クリスティーナ。今夜が俺たちの新婚初夜だ」

「きゃあ！」

クリスティーナを抱き上げたアンドリューは、彼女をベッドへと運んだ。

二人は二度目のエロチックな夜を楽しんだのだ——。

＊＊＊

——翌日。

ファールスにある大聖堂で、スチュアート公爵アンドリューと、クリスティーナ・バーセルの結婚式が盛大に執り行われた。

心配したウェディングドレスのサイズはぴったり。昨日、アンドリューと甘過ぎる時間を過ごしたのが、よかったのかもしれない。

バーセル伯爵家からは、弟のエドワードだけが参列した。

マライアは一緒にファールスまで来ていたらしいが、アンドリューとクリスティーナに合わせる顔がないのか、最後まで現れることはなかった。

名門スチュアート公爵家に嫁いだ、元は愛人志願のクリスティーナだったが、彼女の優しくて美しい心は、永遠に変わることはないだろう。

もちろん、二人の愛も——。

クリスティーナは、『病めるときも、健やかなるときも』アンドリュー・スチュアートとともに歩んでいくことを神に誓った。

終わり

あとがき

こんにちは、神埼たわです。

『きまじめな花嫁志願』は、書籍としては六冊目。エバープリンセス様からは、二冊目となりました。

執筆する際には編集担当様に簡単なプロット（あらすじ）をいくつかお出しし、その中から選んでいただいたあと、詳細なプロットを作成していくのですが――。

実は今回の「ガマガエル公爵」のお話、前作の『愛と運命の嵐』のときから候補にあがっておりました。

しかし、ヒーローがガマガエルのような顔!? では、表紙絵が難しいということで、見送りになっていたのです。

それでも担当様は今回も、「ガマガエル公爵」を一番にあげてくださいました。

そこで、ヒロインのクリスティーナとヒーローのスチュアート公爵の両方をそれぞれの視点から描き、早い段階からヒーローの素顔をバラしてしまう構成に変え、刊行していただく運びとなりました。

書いていても、クリスティーナになったり、男性であるスチュアート公爵になったりで。

ひとりで、わくわくしていました。

大きな声では言えませんが、私って案外、男性ホルモンが多いのかもしれません。クリスティーナをいじめるシーンが、妙に快感だったりしましたので（汗）。す、すみません……。


またこのお話の舞台は、ムーベニア王国という架空の国ですが、時代は十九世紀中頃に設定し、衣装や建物、内装、家具、小物などを合わせていきました。

私はこの年代の資料だけはたくさん持っていて、執拗なまでのこだわりを示してしまうのですが、担当様はいつもお付き合いくださり、細かく時代考証をしてくださいます。本当に頭が下がる思いです。ありがとうございました。


素敵なイラストは、龍胡伯先生が描いてくださいました！

深く本を読み込んでいただいたようで、美しいカラーの表紙イラストや口絵が素晴らしいだけでなく、クリスティーナとスチュアート公爵以外の、その他のキャラクターまでイメージがぴったりで驚きました。

龍胡伯先生、ありがとうございました。心より、感謝申し上げます。

最後になりましたが、今回の『きまじめな花嫁志願』をお手に取ってくださった読者様、本当にありがとうございました。

皆様の応援のお陰で、いつも支えられております。これからも引き続き、温かい目でお見守りいただけると嬉しいです。

それではまた、エバープリンセス様でお会いできますことを祈りながら——。

神埼　たわ

http://kanzakitawa.blog.fc2.com
https://twitter.com/TawaKanzaki

神埼たわの本／エバープリンセス

NOW ON SALE

小説原稿募集

エバープリンセスでは、小説の投稿を募集しております。

優秀な作品をお書きになった方には担当編集がつき、デビューのお手伝いをさせていただきます!

応募資格

性別、年齢、プロ、アマ問わず。他社でデビューした方も大歓迎です。

募集内容

商業誌に未発表のオリジナル作品であれば、内容に制限はありません。

ただし、ティーンズラブ小説であることが前提です。ラブシーンの含まれない作品に関しましては、基本的に不可とさせていただきます。

枚数・書式

1ページを40字×17行として、120〜240ページ程度。

原稿は縦書きでお願いします。手書き原稿は不可ですが、データでの投稿は受けつけております。

投稿作には、800字程度のあらすじをつけてください。

また、原稿とは別の用紙に以下の内容を明記のうえ、同封してください。
◇作品タイトル　◇総ページ数　◇ペンネーム
◇本名　◇住所　◇電話番号　◇年齢　◇職業
◇メールアドレス　◇投稿歴・受賞歴

注意事項

原稿の各ページに通し番号を入れてください。

原稿は返却いたしませんので、必要な方はコピーを取ってからのご応募をお願いします。

締め切り

締め切りは特に定めません。随時募集中です。

採用の方にのみ、原稿到着から3カ月以内に編集部よりご連絡させていただきます。

原稿送り先

【郵送の場合】〒153-0051　東京都目黒区上目黒1-18-6　NMビル3F
(株)オークラ出版「エバープリンセス」投稿係
【データ投稿の場合】ever@oakla.com

Ever
Princess

●ファンレターの宛先●
〒153-0051　東京都目黒区上目黒 1-18-6　NMビル 3F
オークラ出版　エバープリンセス編集部気付
神崎たわ 先生／龍 胡伯 先生

きまじめな花嫁志願

2015 年 10 月 25 日 初版発行

著　者	神崎たわ
発行人	長嶋うつぎ
発　行	株式会社オークラ出版
	〒153-0051　東京都目黒区上目黒 1-18-6　NMビル
営　業	TEL:03-3792-2411　FAX:03-3793-7048
編　集	TEL:03-3793-4939　FAX:03-5722-7626
郵便振替	00170-7-581612（加入者名：オークランド）
印　刷	図書印刷株式会社

Printed in Japan　ISBN978-4-7755-2472-5